D1665532

© Verlag KOMPLETT-MEDIA GmbH
2013, München / Grünwald
www.der-wissens-verlag.de
ISBN 978-3-8312-0399-4

Der Titel ist auch als ebook (ISBN 978-3-8312-5732-4) erschienen.

Design Cover: Pinsker Druck und Medien, Mainburg
Druck und Bindung: fgb, freiburger graphische betriebe, Freiburg
Satz: Pinsker Druck und Medien, Mainburg
Fotos: Shutterstock

Martin Deggelmann

Joe und die Carbon Connection

Vom Sternenstaub zum Ernst des Lebens

Danksagung:

Wie viele Autoren, muss ich mich vor allem bei meiner Frau und meinen Kindern bedanken. Für ihre Bewunderung, dass ich dieses Projekt auf mich nahm und dafür, dass sie sich für mich mit einer Materie beschäftigten, die ihnen so gar nichts bedeutete und so fremd war. Aber auch für den Zuspruch, den ich brauchte, um an diesem Buch zu arbeiten.

Mein großer Dank gilt meinem Freund Will, der als Erster wirklich Begeisterung zeigte und mich mit vielen Anregungen und Diskussionen immer wieder unterstützte. Ich war froh mit Katharina eine Gesprächspartnerin zu haben, die mir viele Tipps gab und mich von ihren Erfahrungen in der Buchbranche profitieren ließ. Ich möchte mich bei Carsten bedanken, der das Manuskript sehr aufmerksam las und wie immer sehr direktes Feedback gab. Und dann sind da noch Stefi, Annette und Bernadette, denen ich für Motivation und Ansporn Dank schulde.

Inhaltsverzeichnis

Prolog

Da lagen sie. Eingebettet im Nebel der Unendlichkeit reihte sich ein Universum an das andere. Wie große kugelförmige Gebilde schwebten sie ruhig nebeneinander. Im Nebel sahen alle fast gleich aus, obwohl sie im Innern sehr verschieden waren. Jedes für sich war eine Insel, ein abgeschlossenes System, mit einer eigenen Welt, das konsequent autistisch vor sich hin existierte. Die Welten waren isoliert und wussten nichts voneinander und es gab keine Möglichkeit, von einem Universum zu einem anderen zu gelangen.

Plötzlich gebar der Nebel der Unendlichkeit eine kleine, sehr heiße Blase, die sich rasch ausdehnte. Hier entstand ein neues Universum. Es war unser Universum.

Wie immer gab es gleich zu Beginn einen kurzen, kritischen Moment, in dem es sich mit Energie eindecken musste, um weiter existieren zu können. Unser Universum bediente sich und nahm reichlich, so dass es im Innern der Blase zu einer gewaltigen Explosion kam, die heute unter dem Namen Urknall bekannt ist. Es entstand der Raum und die Zeit begann darin zu vergehen. Und plötzlich gab es auch die Gesetze der Physik, wie wir sie heute kennen.

Der Nebel der Unendlichkeit blieb davon gänzlich unbeeindruckt. Außerhalb der Blase blieb es bemerkenswert ruhig. Die gewaltige Explosion ereignete sich ganz exklusiv im Innern, in einer eigenen Welt. Auch die anderen Universen bemerkten nichts davon. Wie auch, sie wussten ja nichts voneinander.

Der neu entstandene Raum hatte drei Dimensionen. Er war nicht leer, sondern ausgefüllt mit der Energie, die sich das Universum genommen hatte. Es herrschten außergewöhnlich hohe Temperaturen und unter extremsten Bedingungen bildete sich aus der reinen Energie Materie und Antimaterie, die sofort begannen, sich gegenseitig wieder zu vernichten. Denn, wenn Materie auf Antimaterie trifft, löschen sie sich bekanntlich gegenseitig aus. Die Energie wird wieder freigesetzt.

Glücklicherweise entstand durch einen merkwürdigen Umstand, eine sogenannte Symmetriebrechung, etwas mehr Materie, die dann am Ende übrig blieb. Vielleicht war es auch die Antimaterie, die übrig blieb und wir haben sie aus Versehen nur Materie genannt.

Das Universum war noch klein und sein Raum stark gekrümmt. Doch die Explosion blies ihn auf wie einen Luftballon. Es vergingen nur Bruchteile einer Sekunde, bis sich der Raum zu einem riesigen Gebilde aufgespannt hatte. Er blieb gekrümmt und hatte dadurch keinen Rand. Ein langer Flug ohne Richtungsänderung würde zum Ausgangspunkt zurückführen, so wie man auch auf einer Kugeloberfläche wieder den Ausgangspunkt erreicht, wenn man nur stur genug in eine Richtung läuft. Das Universum war also abgeschlossen und der Raum darin dehnte sich aus, wenngleich die Geschwindigkeit, mit der er das tat, mit der Zeit langsamer wurde.

Mit der Ausdehnung begann die Temperatur zu fallen und es kristallisierten sich im wahrsten Sinne des Wortes vier fundamentale Kräfte heraus, die die Wechselwirkungen der Materie bestimmten. Es kamen die vier Grundkräfte der Physik zum Vorschein, wie wir sie heute kennen und mit denen wir die Vorgänge und Ereignisse in unserem Universum beschreiben und erklären.

Beginnen wir mit der Gravitation. Die Gravitation oder Schwerkraft ist eine anziehende Kraft. Sie greift an der Masse der Objekte an. Wer schon mal auf einer Waage stand weiß, was mit Masse gemeint ist. Die Gravitation ist eine schwache Kraft, aber wenn viel Masse zusammenkommt, kann sie sehr mächtig werden. Sie hält unser Sonnensystem zusammen und formt aus allen größeren Objekten, wie Sonnen und Planeten, perfekte Kugeln.

Steht man auf einem Planeten, ist die Schwerkraft eine praktische Sache. Sie sorgt dafür, dass die Dinge auf diesem Planeten nicht die Bodenhaftung verlieren und runter fallen. Sie lässt die Äpfel von den Bäumen fallen und hält Flüssigkeiten in Gläsern, was das Trinken ungemein erleichtert. Und sie ermöglicht das Wiegen, wenn eine Waage zur Hand ist. Dabei glauben manche, dass die Schwerkraft ungerecht sei, in Wahrheit ist sie nur unbestechlich.

Tatsächlich ist die Gravitation so mächtig, dass sie auf unser ganzes Universum wirkt. Die Ausdehnung des Raums, die seit dem Urknall anhält, wird durch sie abgebremst. Vielleicht kann sie diese Expansion sogar stoppen und den Raum wieder zusammen ziehen. Doch das ist ungewiss, weil die Menge der Materie im Universum und damit der Einfluss der Gravitation noch unbekannt sind.

Die zweite große Kraft im Universum ist die elektromagnetische Wechselwirkung. Hier geht es um elektrische Ladungen. Es gibt positive und negative Ladungen. Gegensätzliche ziehen sich an und gleiche stoßen sich ab. Diese Kräfte lassen sich mit elektrischen Feldern erklären, die die Ladungen umgeben.

Doch das ist noch nicht alles. Bewegt man eine Ladung, entsteht um sie herum ein magnetisches Feld, von dem wiederum Kräfte auf andere Ladungen ausgehen. Die Sache kann rasch unübersichtlich werden.

In elektrischen Bauteilen kommt es durch diese Wechselwirkungen zu unzähligen Phänomenen, die bei elektronischen Geräten genutzt werden, damit sie uns gefallen und erstaunen. Das macht aus der elektromagnetischen Wechselwirkung ebenfalls eine sehr praktische Sache.

Elektromagnetische Felder können auch ganz allein existieren, ohne jede elektrische Ladung. Nehmen wir ein elektrisches Feld. Ganz allein gelassen fällt es in sich zusammen. Dabei erzeugt es ein magnetisches Feld. Dem magnetischen Feld geht es nicht besser. Es fällt auch in sich zusammen und erzeugt dabei wieder ein elektrisches Feld. Das wiederholt sich immer weiter und schickt eine elektromagnetische Welle auf die Reise, die sich dann ganz alleine durch den leeren Raum bewegt. Diese Wellen kennt jeder. Es handelt sich um das Licht, das wiederum eine sehr praktische Sache ist. Um das Licht wahrzunehmen haben wir eigens ein Sinnesorgan entwickelt. Mit unseren Augen können wir die Umgebung sehen und es ist auch sehr schön, wenn die Sonnenstrahlen einem den Rücken wärmen.

Bemerkenswert ist vielleicht noch, dass diese Lichtwellen sehr schnell unterwegs sind. Es handelt sich um die schnellst mögliche Geschwindigkeit überhaupt, was bedeutet, dass sich nichts schneller als das Licht bewegen kann.

Die dritte Kraft ist die starke Wechselwirkung. Wie der Name schon sagt handelt es sich um eine sehr starke Kraft von der die meisten von uns nichts mitbekommen, weil sie nur eine sehr kurze Reichweite hat. Sie kommt in den Atomkernen zum Einsatz und hält diese zusammen. Es handelt sich um eine anziehende Kraft, die auf den

Atomkern beschränkt ist. Sie hält die Welt zwar im Innersten zusammen, aber für unser tägliches Leben hat sie praktisch keine Bedeutung.

Und dann gibt es da noch die vierte Kraft, die schwache Wechselwirkung. Sie ist nicht nur schwach, sondern hat wie die starke Wechselwirkung auch, eine sehr geringe Reichweite. Sie kommt ebenfalls in den Atomkernen zum Einsatz, wenn Teilchen bei radioaktiven Prozessen zerfallen oder umgewandelt werden. Auch sie dürfte den meisten von uns unbekannt sein.

Bei der Entstehung des Universums kamen die vier Kräfte gleichermaßen zum Einsatz. Die Gravitation versuchte von Anfang an, das Universum zusammenzuhalten, auch wenn das zu Beginn ein aussichtsloses Unterfangen schien. Die elektromagnetische Wechselwirkung sorgte für Licht und Energietransport und die starke und schwache Kraft waren bei der Entstehung und beim Zerfall der Teilchen und Materie beteiligt. Wie so oft endete der schöpferische Akt nach wenigen Minuten und die Explosion schleuderte die übrig gebliebene Materie in den neu erschaffenen Raum.

Nachdem sich alles etwas beruhigt und abgekühlt hatte bestand die Materie im Universum aus drei Viertel Wasserstoff, ein Viertel Helium und noch ein paar Lithium- und Berylliumatomen. Ein dünnes Gas erfüllte den dreidimensionalen Raum. Und dann gab es da noch jede Menge Licht. Ja, es war ein helles Universum, das der Nebel der Unendlichkeit hervorgebracht hatte und mit den vier fundamentalen Wechselwirkungen versprach es auch ein interessantes Universum zu werden.

Trotzdem wurde es ein paar Minuten nach dem großen Knall erst mal ruhig und tatsächlich geschah dann ein paar Milliarden Jahre fast gar nichts. Das Universum dehnte sich nur weiter aus und wurde dabei etwas größer, kühler und dunkler. Irgendwann gelang es dann der Gravitation die ersten Strukturen zum Vorschein zu bringen. Sie ballte die Materie zu großen Kugeln zusammen und brachte die ersten Sterne hervor. Als diese zu Leuchten begannen, wurde es wieder etwas heller im Universum. Die Sonnen rückten zusammen und bildeten Sternhaufen und Galaxien. Es entstanden sehr große Strukturen, die schon mal ein paar Milliarden Sterne enthalten konnten.

Eine Sonne oder Stern ist eine sehr große, massereiche, selbstleuchtende Gaskugel, die sehr weit zu sehen ist. Sie erhellt und wärmt ihre Umgebung und ermöglicht es Lebensformen, wie sie auf unserer Erde vorkommen, zu existieren. Sie spendet Licht und Wärme und ihr Auftauchen am Horizont lässt sich jeden Morgen beobachten. Wenn man ehrlich ist, ist sie, neben den anderen Dingen am Himmel, bei weitem die spektakulärste Erscheinung.

In diesen Gaskugeln ist es ungeheuer heiß und der Druck in ihrem Inneren ist so groß, dass Atomkerne miteinander verschmelzen und so neue Elemente entstehen. Aus Wasserstoff entsteht Helium. Helium verbrennt zu Kohlenstoff und so weiter. Dabei werden ungeheure Mengen an Energie freigesetzt. Umso größer die Sonnen sind, desto größer sind die Elemente, die sie ausbrüten können. Man nennt diese Reaktionen auch Brennen, obwohl es keine chemischen Reaktionen sind, sondern nukleare Vorgänge, bei denen die Atomkerne verschmelzen.

Vor ca. acht Milliarden Jahren kam es nun in einer Sonne, ein paar Tausend Lichtjahre von uns entfernt, zu einer nuklearen Reaktion, die für unsere Geschichte von größter Bedeutung ist. Die acht Milliarden Jahre sind natürlich nur geschätzt und ob dieser Stern wirklich so viele Lichtjahre entfernt war, ist in einem expandierenden Universum nur schwer zu sagen. Und dass es sich bei der nuklearen Reaktion um keinen Einzelfall handelte, dürfte auch jedem klar sein.

Vielmehr tobte das nukleare Feuer in einer Sonne, die ihre beste Zeit schon hinter sich hatte. Dennoch wurden in jeder Sekunde einige Millionen Tonnen Wasserstoff in Helium umgewandelt und eine unvorstellbare Menge an Energie in Form von Licht und Wärme freigesetzt. Das Wasserstoffbrennen war nicht der einzige nukleare Prozess, der ablief. Diese Sonne entfachte eine so große Hitze, dass auch das Helium brannte und die Elemente Kohlenstoff und Sauerstoff produziert wurden.

Unsere Geschichte beginnt genau in dieser Sonne, die unserer heutigen sehr ähnelte. Bei der bedeutenden nuklearen Reaktion handelte es sich um einen Drei-Alpha-Prozess, bei dem drei Heliumkerne, oder eben Alpha-Teilchen, zusammenstießen und sich in einen Kohlenstoffkern verwandelten. Unsere Geschichte handelt von einem Kohlenstoffatom, eben dem, das vor ca. acht Milliarden Jahren entstanden ist. Das Atom heißt Joe und ist der Held dieser Geschichte.

Wir werden Joe ein paar Milliarden Jahre begleiten. Dabei lernen wir die unendlichen Weiten des Weltraums kennen. Der kleine Freund wird uns von seinen Erlebnissen berichten und erzählen, wie er sich als Kohlenstoffatom so durchschlägt. Der Alltag eines Kohlenstoffatoms ist nicht immer wahnsinnig aufregend, dennoch kommt aber über die Jahrmilliarden einiges zusammen. Oft ist Joe im wahrsten Sinne des Wortes Gefangener seiner Umgebung. Es passiert ein paar hundert Tausend oder Millionen Jahre gar nichts. Zum Glück ist Joe sehr geduldig. Dann wiederum kommt es innerhalb weniger Sekunden oder Sekundenbruchteilen zu dramatischen Ereignissen.

Joe ist sehr klein. Der Durchmesser eines Kohlenstoffatoms ist ca. ein Zehnmillionstel Millimeter. Dafür ist die Anzahl der Kohlenstoffatome in einem Menschen sehr groß und hat mehr als 26 Nullen. Joe wird uns seine Welt und seine Sicht auf die Dinge näherbringen. Dabei wird die Tatsache, dass er so klein ist, eine große Rolle spielen. Um ihn herum laufen die Dinge ein wenig anders und wir bekommen mit ihm ganz andere Einblicke. Wir werden mit ihm in neue Welten vorstoßen, die noch nie zuvor ein Mensch gesehen hat.

Wie alle Atome trägt Joe ein Elektronenkleid, unter dem sich sein winziger Kern versteckt. Dieser ist sehr kompakt und stellt praktisch die ganze Masse des Atoms. Er besteht aus sechs Protonen, die elektrisch positiv geladen sind und sechs Neutronen, die fast genauso schwer wie die Protonen sind, aber keine Ladung tragen. Der Kern wird durch die starke Wechselwirkung zusammengehalten.

Seine Elektronen sind bekanntlich negativ geladen und sausen um den Kern herum. Die elektromagnetische Wechselwirkung bindet sie an den Kern. Positive und negative Ladungen ziehen sich nun mal an. Die Elektronen bilden eine Hülle, eine Art Wolke. Dabei schwirren sie innerhalb sogenannter Orbitale, in denen immer nur zwei von ihnen Platz finden. Dieser winzige Raum, der eigentlich so gut wie leer ist, wird vom Kohlenstoffatom – genauer von seinen Elektronen – beansprucht. Sie besetzen diesen Platz und verhindern, dass andere Elektronen sich dort breitmachen.

Jetzt haben wir ein grobes Bild und wissen, wie wir uns Joe vorstellen dürfen. Dennoch werden wir ihn nie zu sehen bekommen, denn die Lichtwellen, die diese Information zu unseren Augen transportieren müssten, sind dafür zu groß bzw. zu lang. Sie sind mehr als tausend Mal länger als der Atomdurchmesser und können damit kein Bild der Atome vermitteln. Klar, dass man mit so langen Wellen, so kleine Objekte nicht abbilden kann.

Joe entstand tief im Innern seiner Sonne. Dort sorgten die nuklearen Prozesse und die Gravitation dafür, dass die Temperatur und der Druck hoch genug für den Drei-Alpha-Prozess waren. Er liebte die Bedingungen dort, obwohl der Druck die Materie eng zusammenpresste und sehr, sehr hohe Temperaturen herrschten. Die Atome konnten sich in der gasförmigen Materie frei bewegen. Frei ist allerdings etwas übertrieben, da sie unter diesen Bedingungen dauernd mit anderen Atomen zusammenstießen.

Das einzige, was ihn nervte, waren die Wasserstoffatome. Unglücklicherweise gab es in seiner Sonne jede Menge dieser kleinen Nervensägen. Auch später musste er sich vielfach mit ihnen rumschlagen. Doch das soll er euch selbst erzählen.

Joe und seine geliebte Sonne

Als ich das Licht der Welt erblickte, gab es jede Menge davon. Ich entstand tief im Innern meiner Sonne, einem Feuerball mit einem Durchmesser von einer Million Kilometern, der durch das Universum trudelte. Doch davon wusste ich noch nichts. Ich kannte nur das große Durcheinander, das aus einer Mischung aus Atomkernen, Elektronen und Elementarteilchen bestand. Die Mischung war durchaus explosiv, doch der hohe Druck, den die Gravitation verursachte, presste uns eng zusammen. Von der Gravitation wusste ich natürlich auch noch nichts. Wir feierten eine wilde Party. Kleinste Teilchen tanzten euphorisch umher und lebten in den Tag hinein. Die Zeit spielte keine Rolle. Man dachte nicht an Morgen und hatte, wenn überhaupt, nur die eine Sorge, nämlich, in eine nukleare Reaktion verwickelt und in ein anderes Teilchen verwandelt zu werden. Doch diese Sorge hielt sich in Grenzen und machte das Dasein vielleicht auch etwas spannender.

Im Innern meiner Sonne gab es Energie im Überfluss und auch für den Nachschub hatte das Universum gesorgt. Sie wurde von nuklearen Prozessen geliefert, die als Energielieferanten wie geschaffen schienen. Immer wenn zwei Atomkerne nur heftig genug zusammenstießen und zu einem neuen Atomkern verschmolzen, wurde ein kleiner Teil der Teilchenmasse einbehalten und in Energie umgewandelt. So war die Sonne ein riesiges Kraftwerk, das aus der Materie direkt Energie erzeugen konnte. Das sorgte dafür, dass es schön heiß blieb, die Atome bei Laune gehalten wurden und unsere Sonne, die mit der Energie nicht gerade sparsam umging, nicht abkühlte. Es herrschte ein perfektes Gleichgewicht, bei dem meine Sonne jede Menge Energie produzierte und diese großzügig im Universum verschleuderte.

Aufgrund der hohen Temperatur hatten wir unser Elektronenkleid meist komplett abgelegt und tanzten quasi nackt umher. Manchmal trugen wir ein oder zwei Elektronen auf den inneren Orbitalen, nur so als Feigenblätter.

Dauernd stieß man mit anderen Teilchen zusammen und traf auf neue Atome. Es herrschte ein wildes Treiben. Wir tanzten frei, jeder für sich, doch der hohe Druck hielt uns eng zusammen. Es gab viele Kontakte und jede Menge Licht, grelles, helles Licht, das uns blendete und um uns herum aufblitzte. Wir waren gut drauf. So hätte es an sich ewig weiter gehen können. Keiner wurde müde oder wollte eine Pause einlegen. Wir fühlten uns wie die Prinzen des Universums.

Um mich herum gab es vor allem Kohlenstoff- und Sauerstoff-atome. Wir waren dicke Freunde und hatten gute Connections. Da es keine größeren und schwereren Atome als uns in der Sonne gab und wir am Ende der Reaktionskette standen, glaubten wir, dass das Universum die Sonne für uns erschaffen hatte. Darauf waren wir mächtig stolz, von wegen „Krone der Schöpfung". Allerdings meldeten die Wasserstoffatome für sich den gleichen Anspruch an und gingen uns damit leider ein bisschen auf die Nerven.

Die Wasserstoffs galten als die kleinsten Atome in der Sonne. Weil sie so klein und leicht waren, bewegten sie sich sehr schnell, so dass man ihnen kaum folgen konnte. Sie wuselten wild umher, was eine Konversation fast unmöglich machte. Allein deshalb hatten sie den Ruf, echte Nervensägen zu sein. Dazu kam noch, dass sie jede Gelegenheit nutzten, sich wichtigzumachen. Die kleinen Angeber erzählten unglaubliche Geschichten, in denen sie selbst immer besonders gut wegkamen. Sie berichteten von einem großen Knall, von einer großen Explosion, bei der das Universum entstanden war und dass es nach diesem Knall nur Wasserstoff-atome gegeben hätte. Das Universum sei zu Beginn ein fast leerer Raum gewesen, kalt und unwirklich, in dem nur sie einige Milliarden Jahre lang herumgeflogen seien. Eines Tages sollen ausgerechnet sie auf die Idee gekommen sein, Sonnen zu bilden. Dumm nur, dass sie dabei nicht an das nukleare Feuer gedacht hatten, dem sie dann in den Sonnen zum Opfer fielen.

Sie sagten, dass unsere Sonne schon sehr alt sei, dass sie bereits einige Milliarden Jahre brennen würde und dass es bald mit ihr zu Ende ginge. Unsere Sonne soll zu Beginn nur aus Wasserstoff bestanden haben und aus einer riesigen Wasserstoffwolke hervorgegangen sein. Diese Wichtigtuer erzählten, dass das Universum riesig groß und unsere Sonne nicht die einzige ihrer Art sei und schon gar nicht im Zentrum stehen würde.

Aus ihrer Sicht gehörten sie selbst zu den ursprünglichen Dingen, zur Grundausstattung des Universums, zu den Bausteinen der Materie, die direkt beim großen Knall entstanden waren. Das Universum selbst hatte sie erschaffen und damit hielten sich diese von sich eingenommenen Möchtegerns für die wichtigste Atomsorte überhaupt. Uns andere Atome bezeichneten sie als Abkömmlinge. Wir sollten ihnen aufgrund ihres Alters und ihrer Weisheit mit Respekt begegneten und uns irgendwie unterordnen.

Natürlich glaubten wir den Wasserstoffs kein Wort. Das lag vor allem daran, wie sie die Geschichten erzählten. Sie übertrieben maßlos und stellten sich in den Mittelpunkt. Warum sollte bei diesem großen Knall nur Wasserstoff entstanden sein? Wir glaubten auf keinen Fall, dass sie ein so hohes Alter besaßen. Und dass sie die Sonne erschaffen hatten, das schien uns einfach lächerlich. Sie waren doch die Kleinsten unter uns.

Von den anderen Elementen konnte sich keiner an einen großen Knall erinnern. Auch die Entstehung der Sonne war keinem geläufig und was ein leerer Raum sein sollte, das konnte sich schon gar niemand vorstellen. Tatsächlich wussten die meisten von uns auch gar nicht, was sie mit all dem Quatsch meinten. Schließlich kannten wir nur das Innere unserer Sonne.

Das Thema führte zu ewigen Streitereien und sorgte dafür, dass sich die Wasserstoffschnösel bei allen anderen Atomen nicht sehr beliebt machten. Ok, vielleicht hatten sie tatsächlich ein so hohes Alter, doch das durfte kein Grund dafür sein, die restlichen Atome wie kleine, unwissende Kinder zu behandeln, zumal wir alle viel größer als sie waren. Sie mussten immer die Besserwisser spielen und das sind sie heute noch.

Um uns die Zeit zu vertreiben, spielten wir am liebsten Wasserstoffschubsen. Wenn sich einer dieser Knirpse zu uns verirrt hatte, schubsten wir ihn hin und her, bis er uns irgendwann wieder entkam. Das war ein Riesenspaß.

Viel später dämmerte mir, dass doch etwas an den Geschichten der Wasserstoffs dran sein könnte. Sie waren tatsächlich der Hauptbrennstoff meiner Sonne, aus dem diese die anderen Atome erbrütete. Die Zwerge leisteten damit den größten Beitrag zur Energieerzeugung und stellten wohl oder übel den Baustoff, aus dem wir schwerere Atome erschaffen wurden. Darüber redeten wir nicht gerne. Wir freuten uns lediglich, dass es diesen Prozess gab und dass dabei die Anzahl der Wasserstoffs kontinuierlich abnahm.

Wenn der Wasserstoff brannte, entstand Helium. Es handelte sich um einen mehrstufigen Prozess, bei dem zunächst zwei Wasserstoffs miteinander verschmolzen und dabei ein Deuterium-Kern entstand. Dieser ist ein Isotop des Wasserstoffs. Er ist zwar doppelt so groß, dem Wasserstoff aber noch sehr ähnlich, weil er die gleiche Ladung hat. Wenn sich dann ein weiteres Wasserstoffatom anlagerte, bildete sich ein Heliumisotop, das dem Helium ähnlich ist, weil es jetzt zwei Ladungen trägt. Als weiterer Schritt mussten dann zwei dieser Heliumisotope zusammenprallen und verschmelzen, damit ein Heliumatom entstehen konnte.

Da der Heliumkern aber kleiner als die Summe der beiden Heliumisotope ist, wurden beim letzten Schritt zwei Wasserstoffs aus dem neuen Kern hinausgeschmissen. Die beiden Ausgestoßenen verhielten sich total benommen und schauten meist ziemlich belämmert aus der Wäsche. Es dauerte eine ganze Weile, bis sie sich wieder erholt hatten. Wenn sie in diesem Zustand dämmerten, machte das Wasserstoffschubsen besonders viel Spaß.

Das Helium erfreute sich meist nur eines kurzen Daseins in unserer Sonne, weil es ebenfalls brannte und dabei weitere, noch schwerere Atomkerne entstanden. Bevor sich die Heliumatome überhaupt in der Sonne zurechtfinden konnten, verschmolzen sie schon zu neuen, noch größeren Atomen. Die meisten von ihnen hatten keine Ahnung was abging, sie waren alle viel zu jung und unerfahren.

Als Kohlenstoffatom bin ich übrigens ein direkter Nachkomme von nicht nur zwei, sondern gleich drei Heliumatomen. Doch dazu später mehr.

Packt man zum Kohlenstoffkern noch einen Heliumkern dazu, entsteht Sauerstoff. Hier endete dann auch schon die

Reaktionskette in meiner Sonne. So entstanden haupt-sächlich Kohlenstoff und Sauerstoff. Meine Sonne war ein riesiger Brutkasten für diese beiden Elemente.

Die Sauerstoffatome fand ich eigentlich schwer in Ord-nung, dennoch hatte ich immer etwas Angst, doch noch in so ein Ding umgewandelt zu werden. Den anderen Kohlenstoff-Kumpel ging es ähnlich. So spielten wir das Schubsspiel immer nur mit den Wasserstoffs und nie mit den Heliumkernen, obwohl uns unsere Sauerstoff-Freunde immer wieder Heliumkerne zuspielten.

Außer den Atomen gab es in der Sonne noch weitere Teilchen, die in dem großen Durcheinander herumsausten. Ihr Aufbau unterschied sich von dem der Atome und man konnte sich mit ihnen auch nicht unterhalten. Es handelte sich um Elementarteilchen, die noch kleiner als wir waren. Manche von ihnen würdet ihr vielleicht gar nicht als Teil-chen bezeichnen. Die wichtigsten will ich euch kurz vor-stellen.

Es wimmelte nur so von Elektronen, die eigentlich zu den Atomen gehören. Wenn es sehr heiß ist, also um die Zehntausend Grad, neigen wir Atome dazu, unsere Elek-tronen abzulegen. Trotzdem bleiben sie bei uns, weil ihre negative Ladung von unserem positiven Kern angezogen wird. Sie fliegen frei um uns herum und wir haben sie sozu-sagen an der langen Leine. Diesen Zustand der Materie nennt man Plasma.

Die Elektronen sind sehr klein. Sie bilden zur positiven Ladung der Atomkerne einen Gegenpol und neutralisieren deren Ladung und damit auch das Plasma. Sie trieben um uns herum wie eine Art See, in dem wir Atomkerne bade-ten. Erst später merkte ich, dass genau sechs von ihnen zu mir gehörten und meine positive Ladungen ausglichen.

Dann gab es auch noch die Neutrinos, die ich unbedingt erwähnen muss. Ich meine nicht die Neutronen, von denen ich selbst sechs Stück in meinem Kern habe. Nein, die Neutrinos waren völlig andere Teilchen, die geisterhaft durch unsere Sonne flogen. Da sie keine elektrische Ladung und keine Masse besaßen, gab es kaum eine Möglichkeit mit ihnen in irgendeine Wechselwirkung zu treten. Man konnte nicht einmal mit ihnen zusammenstoßen. Wie Geister flogen sie einfach durch alles hindurch. Sie entstanden in großer Zahl bei den nuklearen Prozessen und verließen schnurstracks auf direktem Weg die Sonne, ohne auch nur das geringste Interesse an den anderen Teilchen zu zeigen. Dabei bewegten sich die Neutrinos mit einer wahnsinnigen Geschwindigkeit. So schnell wie diese Kerle konnte keiner das Sonneninnere verlassen. Sie geisterten überall herum und wenn man sie bemerkte, dauerte es nur einen Moment und schon hatten sie sich wieder aus dem Staub gemacht.

Außerdem existierten in der Sonne jede Menge Lichtteilchen, die Photonen. Genaugenommen waren es gar keine Teilchen, sondern elektromagnetische Wellen. Sie hatten auch keine Masse, dennoch verhielten sie sich oft wie Teilchen. Man konnte richtig mit ihnen zusammenstoßen und bekam auch einen fühlbaren Schubser. Keine Ahnung, wie sie das schafften, wo sie doch keine Masse hatten. Jede dieser Wellen bestand aus einem reinen Energiepaket. In der Sonne gab es Photonen mit sehr großen Energiepaketen, die nicht so harmlos waren, wie das Licht das ihr von eurer Sonne kennt. Das Licht, das uns umgab, kam aus den nuklearen Prozessen und bestand aus Röntgen- und Gammastrahlen und die konnten einem einen ordentlichen Stoß verpassen.

Durch den Zusammenstoß mit einem Photon fühlte man sich manchmal wie elektrisiert. Hatte sein Energiepaket einen bestimmten Wert, ließ sich das Photon nicht umlenken, sondern musste aufgenommen bzw. absorbiert werden. Dabei ging das Photon kaputt und der eigene Atomkern wechselte in einen angeregten Zustand. Der Kern begann zu schwingen. Man drehte voll auf und es kribbelte furchtbar. Es gab nur einen Gedanken, nämlich die Energie gleich wieder abzuschütteln. Dazu musste ein neues Photon erzeugt werden, was zum Glück von ganz allein geschah. Wenn es davonsauste, wurde man die Energie wieder los und konnte sich beruhigen. Ich hatte oft das Gefühl, ich müsste platzen, weil es so sehr kitzelte.

Die Photonen bewegten sich auch sehr schnell. Doch im Gegensatz zu den Neutrinos stießen sie mit uns Atomen zusammen, wurden abgelenkt oder absorbiert und konnten dadurch keine langen Strecken zurücklegen. Man könnte auch sagen, dass die Materie in der Sonne für die Photonen nicht transparent war und so konnten sie, im Gegensatz zu den Neutrinos, die Sonne nur schwer verlassen.

Die Sonne schien wie ein großes Durcheinander, in dem die Unordnung regierte und es oft sehr chaotisch zuging. Ich liebte dieses Durcheinander, in dem man laufend auf Atome traf, die man zuvor noch nie gesehen hatte. Das war meine Welt und ich fühlte mich in ihr geborgen. Ich genoss die Hitze und den Überfluss an Energie. Der Wasserstoff brannte und die Sonne brütete fleißig neue Kohlenstoff-Kumpel aus, denen ich das Wasserstoffschubsen beibringen konnte.

Das nukleare Feuer

Das mit dem nuklearen Feuer und dem Entstehen von schweren Elementen hört sich jetzt vielleicht sehr einfach an: Es ist sehr heiß. Der Druck ist hoch. Die Atomkerne stoßen kräftig zusammen und schwupp-die-wupp vereinigen sie sich, ja sie verschmelzen. Ein Neutrino saust davon und verschwindet auf Nimmerwiedersehen. Manchmal entsteht noch ein Positron, das aber gleich mit einem Elektron reagiert und einvernehmlich Paarvernichtung begeht. Das Gesamtprodukt ist etwas leichter als die Ausgangsstoffe und die Massendifferenz wird in Energie umgewandelt.

Doch ganz so einfach funktionierte das zum Glück nicht. Sonst würden solche nuklearen Reaktionen viel öfter stattfinden. Die Sonne würde viel schneller abbrennen und allen Kohlenstoff in Sauerstoff umwandeln oder vielleicht sogar explodieren, falls die Kontrolle verloren ginge. Doch meine Sonne war in einem stabilen Gleichgewicht und das hielt immerhin schon einige Milliarden Jahre, wenn man den Wasserstoffs glauben mochte. Die Sache hatte also einen Haken, der mir und meinen Kohlenstoff-Kumpel die Existenz sicherte.

Im Plasma haben die Atome ihre Elektronen abgelegt. Da alle Atomkerne positiv geladen sind, stoßen sie sich gegenseitig ab und das verhindert schon mal, dass sie sich zu nahe kommen. Durch diese elektrische Kraft spürt man einen anderen Atomkern schon wenn er auf einen zukommt und prallt nicht direkt mit ihm zusammen. Das führt zu einer frühzeitigen Ablenkung, dämpft die meisten Stöße und Kollisionen mit anderen Kernen und hält die Wasserstoffs auf Distanz, die einem sonst zu sehr auf die Pelle rücken würden.

Doch es gibt noch eine zweite Kraft, die mit der elektrischen Ladung des Atomkerns nichts zu tun hat. Diese Kraft ist viel stärker und wird deshalb auch die starke Kraft genannt. Sie hält den Kern zusammen und kann auch andere Kerne anziehen. Allerdings besitzt die starke Kraft nur eine sehr geringe Reichweite, so dass sie erst wirksam wird, wenn sich zwei Kerne extrem nahe kommen. Dann ist sie besonders stark, stärker als die Abstoßung aufgrund der elektrischen Ladung.

Vereinfacht kann man sagen, dass Atomkerne durch die elektrische Kraft eine Art Schutzschild haben, der verhindert, dass sich die Kerne im Plasma zu nahe kommen. Es ist ein Energieschild, der natürlich immer eingeschaltet ist und der bei der Kernverschmelzung überwunden werden muss. Ein anderer Atomkern braucht schon eine gehörige Menge an Energie, um diesen Schild zu durchdringen.

Tatsächlich war der Druck und die Temperatur in unserer Sonne nicht hoch genug und so besaßen die Atomkerne nicht genügend Energie, die Schutzschilde zu überwinden, damit die nuklearen Prozesse ablaufen konnten. Wenn sich mir ein Atomkern näherte, wurde er immer schon frühzeitig abgelenkt. Das Wasserstoffschubsen schien völlig ungefährlich und ich hatte keine Ahnung, wie der Wasserstoff dennoch brennen und uns mit Energie versorgen konnte.

Doch dann erzählten die Wasserstoffs, dass die Schutzschilde kleine Löcher hätten, kleine Tunnel, die durch die Energiebarriere führten. Ein Atomkern konnte den Schild eines anderen durchtunneln und so diesem Kern, mit dem er zusammenstieß, sehr nahe kommen. Man musste den Tunnel nur finden.

Die Sache gab mir schwer zu denken. Ein Energieschild der Löcher hatte? Wo sollten diese Löcher sein? Und wie groß waren sie? Der Energieschild allein war schon unsichtbar und die Löcher darin erst recht. Das machte eine Überprüfung dieser These sehr schwierig, wenn nicht gar unmöglich. Ich fand die Erklärung auch viel zu einfach und typisch für die Wasserstoffs. Sie reimten sich wie so oft etwas zusammen oder wollten uns wiedermal einen Bären aufbinden. Die Wirklichkeit sah anders aus.

Bei uns Teilchen dreht sich eigentlich alles um die Energie. Wenn es genügend davon gibt, eröffnen sich tausend Möglichkeiten. Die Sonne war ein perfekter Ort, denn hier gab es diesen wertvollen Stoff im Überfluss. Gibt es zu wenig davon, scheitern wir kleinen Teilchen an vielen Energiebarrieren, die von uns nicht überwunden werden können. Doch ganz so schlimm ist es nicht, denn auf atomarer Ebene gibt es einen Ausweg, nämlich die Möglichkeit, sich etwas Energie vom Universum auszuleihen. Für einen bestimmten Zeitraum besteht die Freiheit, mit dem Ausgeborgten etwas zu unternehmen. Zum Beispiel können damit solche Energieschilde durchdrungen werden und ein Atomkern kann einem anderen Kern sehr sehr nahe kommen. Das Ausgeliehene lässt sich auch für etwas anderes benutzen, es muss nur rechtzeitig zurückgeben werden, denn man bekommt es nur für einen kurzen Moment. Umso mehr Energie geliehen wird, desto kürzer ist die Ausleihzeit.

Das Wasserstoffschubsen machte mir keinen Spaß mehr. Eine ganze Zeit lang hatte ich Angst, dass mir ein Wasserstoffkern zu nahe kommen könnte und es zu einer

Kernreaktion kam. Besonders fürchtete ich mich vor den Heliumkernen. Eines Tages würde sich ein solcher einen kurzfristigen Energiekredit nehmen, meinen Schutzschild überwinden und mich in ein Sauerstoffteilchen verwandeln. Und diese Kerne flogen überall herum. Ich wollte mich aber nicht in ein Sauerstoffteilchen verwandeln. Das beschäftigte mich sehr, denn ich hatte keine Lust, meine Existenz aufzugeben. Die Sauerstoffatome waren unsere Freunde und ich fand sie ganz nett. Doch diese Umwandlung, die Verschmelzung mit einem Heliumkern, schien mir suspekt.

Bei der Vereinigung mit einem Heliumkern bleibt die Materie weitgehend erhalten, doch es entsteht ein neuer Kern und die Historie der beiden ursprünglichen Kerne geht verloren. Das Gedächtnis geht flöten und danach handelt es sich um ein anderes Teilchen, ein anderes Element, mit anderen Eigenschaften und einer neuen Identität.

Es ist so, wie wenn man bei einem Computer den Speicher zurücksetzt und damit alle Erinnerungen verloren gehen. Die Sauerstoffatome konnten sich nicht an ihre Zeit als Kohlenstoffatome erinnern und auch mir ist unbekannt, was die drei Heliumatome angestellt hatten, bevor sie zusammenstießen und ich entstanden war. Das machte mir Angst, denn ich wollte meine Erinnerungen behalten.

Tatsächlich gab es später einige kritische Zusammenstöße. Ein paar Mal hatten es Heliumkerne beinahe geschafft mir so nahe zu gekommen, dass wir uns quasi berührten. In einem solchen Moment geht die Post ab und die beiden Beteiligten tanzen wie wild umeinander herum. Erst wenn sie sich berühren und die Reaktionsenergie abgegeben haben, ist es definitiv passiert und ein neues Teilchen ist entstanden. Der Tanz ist allerdings so wild und die Reaktionsenergie so schwer loszuwerden, dass die Tänzer oft einfach nur wieder auseinanderfliegen. So hatte ich immer Glück und wurde die Angreifer wieder los.

Glücklicherweise nimmt die Stärke des Energieschildes mit der Teilchengröße bzw. mit der Ladung immer mehr zu. Kohlenstoff besitzt schon sechs Ladungen, Sauerstoff sogar Acht. In unserer Sonne war es für eine massenhafte Reaktion von Kohlenstoff mit Helium nicht heiß genug. Nicht einmal, wenn sich die Reaktionspartner einen Energiekredit nahmen. Die Heliumkerne besaßen zu wenig Energie, um uns Kohlenstoffteilchen einfach die Tür einzurennen. Das hat mich und viele meiner Kohlenstoff-Kumpel gerettet. Ein paar mussten dennoch dran glauben. Für die Sauerstoffkollegen blieb es kühl genug, so dass der Sauerstoff in unserer Sonne gar nicht brannte.

Auch bei der Entstehung von Kohlenstoff gibt es einige Probleme. So war meine Geburt keine leichte Sache, sondern mit einigen Schwierigkeiten verbunden. Man konnte das in der Sonne gut beobachten, denn es wurden ja andauernd neue Kohlenstoffkerne erzeugt.

Damit Kohlenstoff entsteht, müssen drei Dinge zusammenkommen. Drei Heliumkerne oder Alphateilchen müssen gleichzeitig die Energiebarriere überwinden und zusammenstoßen. Doch gleichzeitig gibt es bei drei Kernen praktisch nicht. Einer kommt immer etwas zu spät.

Also, zuerst kollidieren zwei Heliumkerne und es entsteht ein Berylliumkern. Der ist jedoch so instabil, dass er sofort wieder zerfällt. Schafft es der dritte Heliumkern nicht rechtzeitig dazuzukommen - und rechtzeitig heißt eigentlich gleichzeitig - ist alles umsonst. Die zwei ersten Heliumkerne verabschieden sich und die Sache hat sich erledigt. Das macht die Geburt eines Kohlenstoff-Kumpel schon mal extrem unwahrscheinlich. Außerdem gibt es ein Problem mit der Reaktionsenergie, die frei wird und den neuen Kern zum Schwingen bringt. Kann sie nicht abgegeben werden, ist die Vereinigung ebenfalls zum Scheitern verurteilt.

Doch glücklicherweise hatte sich das Universum etwas ausgedacht. Wir Teilchen können die Energie, die bei der Reaktion entsteht, erst aufnehmen, um sie dann später in Ruhe abzugeben. Allerdings kann man als atomares Teilchen nicht jeden beliebigen Energiebetrag aufnehmen, sondern nur bestimmte Energiemengen, sogenannte Energiequanten. Dabei wechselt man von einem bestimmten in einen anderen bestimmten Zustand. Bis auf den Grundzustand heißen diese Zustände angeregte Zustände und tatsächlich ist eine Art von Erregung zu spüren.

Eine dieser Zustandsänderungen bei uns Kohlenstoffkernen entspricht genau der Reaktionsenergie, die bei der Verschmelzung von einem Beryllium- und einem Heliumkern frei wird. Der Berylliumkern hat ebenfalls eine Zustandsänderung, die genau der Reaktionsenergie entspricht, die frei wird, wenn zwei Heliumkerne verschmelzen. Die Kerne können die Energie also aufnehmen und später in Form von Photonen abgeben.

Was für ein Zufall, denn die Tatsache, dass die freiwerdende Energie vom Kohlenstoffkern aufgenommen werden kann, stabilisiert den Prozess enorm. Die jungen Kohlenstöffchen können damit ihre Erregung bei ihrer Entstehung besser kontrollieren und platzen nicht gleich vor Aufregung. Gelingt es ihnen dann, das Photon abzugeben, werden die Kerne cool, stabilisieren sich und haben die Geburt überstanden. Ohne diese Resonanz würde nur sehr wenig Kohlenstoff im Universum vorkommen. Die Menge würde wahrscheinlich nicht mal für einen von euch Menschen ausreichen.

Die Sache ist bei euch unter dem Namen Beryllium-Barriere bekannt. Damit könnt ihr auf der nächsten Party euren Freunden imponieren. Einige werden das schon kennen, denn es ist ein entscheidender Umstand, von dem eure Existenz abhängt. Manche von euch glauben, dass das kein Zufall sein kann, sondern der Wille einer bestimmten ‚Person' ist. Ich denke, dass das Universum hier seine Finger im Spiel hatte.

Nichtsdestotrotz ist die Geburt eines Kohlenstoffkerns sehr unwahrscheinlich. Nur weil die Sonne so groß und heiß war und so viele Alphateilchen dauernd zusammenstießen, entstand jede Menge Kohlenstoff.

Das gleiche Problem gibt es bei der Entstehung von Sauerstoff. Wieder muss die Reaktionsenergie irgendwo hin abgeleitet werden. Doch der Sauerstoffkern besitzt keinen Zustand, der die Reaktionsenergie aufnehmen könnte. Für die Sauerstoffkerne ist es also noch viel schwieriger, die Erregung nach dem Zusammenprall unter Kontrolle zu bekommen. Das macht die Reaktion unwahrscheinlich und hat viele Kohlenstoff-Kumpel gerettet. Sonst wäre viel mehr Kohlenstoff zu Sauerstoff verbrannt worden.

Keine Ahnung, was das Universum sonst noch mit uns Kohlenstoffteilchen vorhatte, doch offensichtlich hatte es uns lieb und sorgte schon damals dafür, dass es genügend von uns gab und wir auch immer mehr wurden.

Im Innern der Sonne

Obwohl das Universum eigentlich die Unordnung liebt, war meine Sonne ordentlich aufgebaut. Sie bestand aus mehreren Schalen, die wie bei einer Zwiebel einen inneren Kern umgaben.

Meine Kohlenstoff-Kumpel und ich befanden uns mit den Sauerstoffatomen in diesem inneren Kern, im Zentrum der Sonne. Hier gab es so gut wie keine Wasserstoffs und wir hatten unsere Ruhe vor den Quälgeistern. Um uns herum brannte in einer Schale das Helium. Dabei entstanden permanent neue Kohlenstoff- und auch ein paar Sauerstoffatome, die sich zu uns gesellten und den Kern vergrößerten. Die nächste Schale bestand aus Helium und diese wurde wiederum von einer Schale umgeben, in der der Wasserstoff brannte. Ganz außen war noch eine Schicht Wasserstoff. Diese Schicht bildete die äußere Hülle der Sonne.

Der Kern hatte, wie die gesamte Sonne, einen gasförmigen Zustand. Alle flogen umher und stießen mit anderen Teilchen zusammen und folgten einem wilden, unkontrollierten Zickzackkurs. Man diffundierte eben in der Gegend herum.

Diffusion ist eine ungerichtete Bewegung und nicht geeignet, um gezielt voranzukommen bzw. größere Strecken zurückzulegen. Man bewegt sich ein kleines Stück, prallt dann mit einem anderen Teilchen zusammen und bewegt sich wieder ein kleines Stück, allerdings meist in entgegengesetzter Richtung. Im Inneren einer Sonne ist diese Wegstrecke besonders klein, weil so viele Teilchen auf so engem Raum zusammengepresst sind. Deshalb dauert es nicht sehr lange, bis man mit dem nächsten Teilchen zusammenstößt und seine Richtung erneut ändert.

Rein statistisch gesehen bleiben alle bei dieser Art von Bewegung am gleichen Ort und kommen kein Bisschen voran. Manchmal jedoch bewegt sich einer etwas länger in eine bestimmte Richtung, um dann, nach einer gewissen Zeit, zurückzukehren. So lernten wir, wenn genügend Zeit verging, mehr und mehr von unserer Umgebung kennen, auch wenn, wie gesagt, statistisch der Aufenthaltsort der gleiche blieb und nur die Wahrscheinlichkeit abnahm einen dort anzutreffen.

Da ich einige Millionen Jahre Zeit hatte, war die Umgebung, die ich kennenlernte, entsprechend groß und so kam es, dass ich eines Tages völlig zufällig den Bereich des Kerns verließ. Einige glückliche Zusammenstöße und entsprechende Impulse von andern Teilchen machten es möglich, dass ich durch die Schale, die Schicht, in der das Helium brannte, hindurch diffundierte.

In dieser Zone ging es etwas hektisch zu, vor allem weil es hier durch den Drei-Alpha-Prozess jede Menge Photonen gab. Diese sind im Grunde genommen auch nur Teilchen. Deshalb diffundierten auch sie im Zickzackkurs durch die Sonne. Ich hatte immer das Gefühl, dass sie einen Ausgang suchten. Doch bis ein Photon die Sonne verlassen konnte, verging eine große Zeitspanne. In dieser Zeit irrte es herum, stieß mit den anderen Teilchen zusammen und gab dabei auch immer etwas Energie an die Teilchen ab.

Die Gammas, so nannten wir die hochenergetische Photonen, gaben mir einen extra Kick. So gelangte ich auf die andere Seite der Helium-Brennzone, wo es wieder etwas ruhiger zuging. Der Druck war geringer und die Atome saßen nicht mehr so dicht aufeinander. Es gab vor allem Helium-atome und naiv wie sie waren, schienen sie nur darauf zu warten, von der brennenden Schale erfasst zu werden.

Hier begegnete ich zum ersten Mal den Wasserstoffs. Es handelte sich jedoch nicht um die arroganten Biester, von denen ich schon erzählt habe, sondern die meisten von ihnen waren ziemlich durcheinander. Sie stammten aus der Schicht, in der der Wasserstoff brannte und hatten an der nuklearen Reaktion teilgenommen, bei der am Ende das Helium entstand. Als Abfallprodukt wurden sie aus dem Kern katapultiert und standen noch ganz unter dem Eindruck der Kernverschmelzung. Das hatte sie komplett verwirrt und sie mussten sich erst wieder orientieren. Mit ihnen gab es nur wenig Streiterei. Sie wurden bald vom nuklearen Feuer erfasst und zu Helium verarbeitet.

Lange Zeit nutze ich die Diffusion und bewegte mich so durch die Sonne, bis plötzlich etwas Merkwürdiges geschah. Ich spürte, wie ich von einem großen Sog, einer Strömung erfasst wurde. In der Sonne gab es riesige Konvektionsrollen, große Ströme, die die Materie in eine bestimmte Richtung transportierten. Ich kam einer solchen Strömung zu nahe, wurde mitgerissen und nahm zum ersten Mal einen direkten Kurs in Richtung der Oberfläche meiner Sonne.

Die Temperatur nahm stetig ab. Dieser Temperaturunterschied zwischen der Oberfläche und dem Innern der Sonne war der Motor, der die Ströme antrieb. Heiße Materie ist leichter als kühle Materie und wird deshalb an die Oberfläche gedrückt. Sie schwimmt nach oben in Richtung Oberfläche und gibt hier die Wärme ab. Die Materie wird kühler und verdichtet sich. Dadurch wird sie schwerer und macht sich wieder auf den Weg in das Innere der Sonne.

Solche Konvektionsrollen bildeten sich von Zeit zu Zeit und sorgten für riesige Umwälzungen, die die verschiedenen Schichten in der Sonne durchmischten und so die Ordnung ganz schön durcheinander brachten. Manchmal gab es auch aufsteigende Konvektionszellen, die sich in einem Bereich formierten und wie Luftblasen im Wasser zur Oberfläche strebten.

An den Rändern dieser Bereiche war schwer was los. Es entstanden heftige Turbulenzen und Wirbel, die wiederum mächtige Schallwellen erzeugten, die wie Erdbeben durch die Sonne liefen.

Schallwellen sind periodische Verdichtungen der Materie. Ein kleines Volumensegment wird kurzzeitig verdichtet. Wenn du dich darin befindest, wird es plötzlich enger und alle Betroffenen stoßen häufiger zusammen. Doch die Teilchen wehren sich und versuchen, sich wieder Platz zu verschaffen. Das Volumensegment dehnt sich aus und verdichtet dadurch einen benachbarten Bereich. So läuft die Verdichtungszone durch die Materie. Meist sind es gleich mehrere Verdichtungen, die hintereinander her laufen und eine Welle bilden.

Die Schallwellen wurden an der Sonnenoberfläche reflektiert, liefen zurück ins Innere und wurden dort durch die zunehmende Dichte der Materie umgelenkt. Die Sonne wirkte wie ein riesiger Resonanzkörper, der die Schwingungen verstärkte. Dann spürte man, dass die ganze Sonne pulsierte, wie eine riesige Glocke, die angeschlagen wurde.

Die gewaltigen Ströme erzeugten ebenso gewaltige Magnet-felder, die ihrerseits die Konvektion hemmten bzw. beeinflussten. Irgendwie war alles in Wechselwirkung. Alle diese Phänomene versuchten sich gegenseitig zu beeinflussen.

Die Konvektionsrollen störten die Ordnung in der Sonne. Die Materieströme durchmischten die verschiedenen Schichten. Dadurch wurden auch die verschiedenen Atomsorten durchmischt, die eigentlich alle eine eigene Schicht beanspruchten.

Meine Kohlenstoff-Kumpel und ich protestierten jedes Mal, wenn es zu einer solchen Durchmischung kam. Schließlich wollten wir mit den Wasserstoffs in den äußeren Schichten nichts zu tun haben. Es dauerte manchmal Jahrhunderte, bis sich die alte Ordnung wieder herstellte.

In dieser Zeit gab es hauptsächlich eine Abwechslung, die uns Spaß machte. Wir spielten Wasserstoffschubsen. Umso näher wir der Oberfläche kamen, desto mehr Wasserstoffs gab es. In der äußeren Schicht waren sie sogar deutlich in der Überzahl und wir mussten uns in Acht nehmen, dass sie den Spieß nicht umdrehten und uns zum Spielball machten.

Trotz der Konvektion hatte ich es nie bis zur Sonnenoberfläche geschafft. Ich kannte die Oberfläche nur aus den Erzählungen der Wasserstoffs. Sie behaupteten, von dort aus den Weltraum sehen zu können. Die Sonne sei von einer Art dünnem Gas umgeben, das sie die Korona nannten. Sie sagten, dass sie jede Menge Spaß an der Oberfläche hatten.

Sie erzählten von eruptiven Protuberanzen. Das sollen Ausbrüche oder Explosionen an der Sonnenoberfläche sein, bei denen die Materie weit in den Weltraum geschleudert wird. Das Magnetfeld und natürlich die Gravitation der Sonne fangen die Materie wieder ein und es geht in einem gewaltigen Bogen zurück zur Oberfläche. Es soll auch Plasmaschleifen geben. Dabei treiben lokale Magnetfeldänderungen die Teilchen nach oben. Die fahren dann in einer großen Schleife Achterbahn. Das ganze wird durch das Magnetfeld der Sonne kontrolliert. Die wilde Achterbahnfahrt muss den Wasserstoffs einen riesen Spaß gemacht haben.

Es soll auch Möglichkeiten gegeben haben, die Sonne zu verlassen. Die Wasserstoffs erzählten von koronalen Löchern, durch die die Teilchen einfach in den Weltraum verschwanden, ohne Vorwarnung. Die Krönung waren koronale Massenauswürfe. Wenn ich das richtig verstanden habe entstanden diese, wenn sich die Plasmaschleife bei der Achterbahnfahrt verdrehte und die Magnetlinien sich kreuzten. Dann wurde die äußere Schleife, die sich zu einem Ring geschlossen hatte, abgetrennt und in den Weltraum geschleudert. Für die Teilchen in der Schleife gab es kein Entrinnen.

Die Wasserstoffs sagten auch, dass es einen Wind gab, der die kleineren Teilchen von der Sonne wegblies. Sie ließen sich einfach von diesem Sonnenwind in den Weltraum treiben.

Zu dieser Zeit konnte ich mit den Berichten der Wasserstoffs nichts anfangen. Ich hatte auch keine Ahnung wovon sie sprachen. Tatsächlich hasste ich solche Horrorgeschichten und Mythen, die sich um ihre Erzählungen rankten. Sie wurden von den Wasserstoffs sicher nur erfunden und verbreitet, um meine Kohlenstoff-Kumpel und mich zu ärgern. Wir liebten unsere Sonne und fühlten uns in ihrem Inneren geborgen. Niemand wollte sie verlassen, einen solchen Gedanken fanden wir völlig abwegig.

Natürlich glaubten wir den Wasserstoffs kein Wort. Unter uns galten sie als kleine, arrogante Stinker, die uns Angst machen wollten. Doch sie hatten damit keine Chance. Die meiste Zeit verbrachten meine Kohlenstoff-Kumpel und ich mit den Sauerstoffteilchen im inneren Kern der Sonne, wo es kaum Wasserstoffs gab. Hier hatten wir unsere Ruhe von den Biestern und die Zeit verging sehr langsam. Die Dinge änderten sich nur wenig und diejenigen von euch, die Konstanz im Leben der Veränderung vorziehen, hätten ihre wahre Freude gehabt.

Nach ein paar Millionen Jahren war es dann doch soweit. Es kam zu einer entscheidenden Veränderung. Meine Sonne kam ins Stottern.

Das Brennen in der Heliumschale, die unseren Kern umgab, wurde sehr unregelmäßig. Irgendetwas änderte sich an Ihrem Verhalten, denn sie reagierte plötzlich anders auf Temperaturschwankungen. Normalerweise stieg der Druck in der Sonne, wenn die Temperatur zunahm. Dann dehnte sich die Materie etwas aus und dadurch wurde das nukleare Feuer kontrolliert. Dieser Mechanismus sorgte für ein Gleichgewicht.

Doch jetzt reagierte der Druck nicht mehr auf die Temperaturerhöhung. Die Temperatur nahm zu und heizte das nukleare Feuer weiter an. Es kam jedoch nicht zu einer Druckänderung und die Materie dehnte sich auch nicht aus. So wurde es heißer und heißer, bis der Druck dann urplötzlich doch auf die Temperaturerhöhung reagierte. Keine Ahnung was da los war.

Immer dann, wenn der Druck spontan reagierte und anstieg, kam es zu einer Explosion, einer Art Blitz, weil sich die Schicht, in der das Helium brannte, aufgrund der plötzlichen Druckerhöhung abrupt ausdehnte. Die Sache war so gewaltig, dass die ganze Sonne durchgeschüttelt wurde. Wenn man den Berichten einzelner Wasserstoffs Glauben schenkte, wurde bei jedem Blitz ein Teil der äußeren Schicht der Sonne abgesprengt und in den Weltraum geschleudert.

Den Wasserstoffs machte das einen wahnsinnigen Spaß und viele von ihnen nutzten die Gelegenheit, um die Sonne zu verlassen. Auch die Heliumteilchen blieben der Sonne nicht besonders treu und machten sich ebenfalls aus dem Staub.

Das ganze endete in einer letzten Explosion, die den inneren Kern, in dem ich mich mit meinen Kohlenstoff-Kumpel und den Sauerstoffatomen wohl fühlte, von der Hülle aus den restlichen Helium- und Wasserstoffatomen befreite.

So, jetzt waren wir die Wasserstoffs weitgehend los und meine Sonne bestand hauptsächlich aus Kohlenstoff und Sauerstoff. Die wenigen Wasserstoffs reichten gerade so, um Wasserstoffschubsen zu spielen. Jetzt, da sich die Stinker in der Minderheit befanden, hatten sie die Hosen voll und hielten sich mit ihren Sprüchen zurück.

Der weiße Zwerg

Es dauerte nicht lange, bis ich das erste Mal an die Oberfläche kam. Ich platzte schier vor Neugier. Ob das alles stimmte, was uns die Wasserstoffs erzählt hatten? Ich wollte unbedingt Achterbahn fahren.

Zuerst war ich noch von den vielen Photonen geblendet, die aus dem Inneren der Sonne kamen, doch als ich mich an das Dunkel im Weltraum gewöhnt hatte, konnte ich vereinzelt ein paar kleine Lichtpunkt sehen. War das alles? Dort draußen herrschte totale Dunkelheit und die Gegend stellte sich als voll langweilig heraus. Ich verstand nicht, was die Wasserstoffs so Tolles an der Oberfläche finden konnten. Und obendrein war es hier auch noch ziemlich kalt. Wo waren die Attraktionen, von denen die Wasserstoffs erzählt hatten, die Korona und die Protuberanzen?

Die Oberfläche der Sonne stellte eine einfache Grenze dar, ein Übergang von einer Welt in eine andere. Wenn ihr so wollt, die Grenze zwischen Himmel und Hölle. Ich kam von der einen Seite, in der ich einst das Licht der Welt erblickte. Hier war es hell und warm, meine Freunde begleiteten mich, hier fühlte ich mich geborgen. Das war für mich der Himmel. Die Hölle lag jetzt über mir. Sie erschien mir unwirklich und sehr einsam. Dort draußen musste es kalt und leer zu sein.

Dennoch zeigte die Hölle auch interessante Seiten. Es gab sogar etwas, das meine Aufmerksamkeit sofort auf sich zog, indem es riesig groß auf der einen Seite der Hölle auftauchte, völlig lautlos über uns hinweg schwebte und auf der anderen Seite so schnell verschwand, wie es gekommen war. Es handelte sich um keine einmalige Aktion. Dieses Etwas kam mit einer solchen Regelmäßigkeit, dass man eine Uhr danach hätte stellen können. Natürlich besaßen wir keine Uhren.

Ohne Zweifel existierte da eine zweite Sonne. Und es war kein unendlich weit entfernter kleiner Lichtpunkt, sondern sie schien zum Greifen nahe. Das Universum hatte tatsächlich eine weitere Sonne hervorgebracht und die kreiste um die meine. Als eine riesige, perfekte Kugel ging sie auf und unter und zog über uns hinweg. So sah also eine Sonne aus, wenn man sie aus der Nähe betrachtete. Ich war Teil eines Doppelsternsystems, zwei Sonnen, die sich gegenseitig anzogen und umeinander tanzten.

An dieser Stelle wurde mir zum ersten Mal klar, was für eine wunderbare Sache die Gravitation ist. Sie ballt die Materie nicht nur zu großen, perfekten Kugeln zusammen, sondern lässt diese auch mit spielerischer Leichtigkeit umeinander kreisen. Das gelingt ihr auch, wenn die beiden Kugeln unvorstellbar groß sind.

Die andere Sonne schien nicht weit entfernt. Es war beeindruckend, wenn sie groß und mächtig am Horizont aufging. Sie übersäte uns dann mit langwelligen Photonen oder, wie ihr vielleicht sagen würdet, man konnte ihre Wärme auf der Haut spüren.

Bei genauem Hinsehen erkannte man auf ihrer Oberfläche ein wildes Treiben. Dort schien es nicht so ruhig wie bei uns zu sein. Immer wieder gab es Ausbrüche und Materie wurde nach oben geschleudert. Das mussten die Protuberanzen sein, von denen die Wasserstoffs erzählt hatten. Offensichtlich gab es dort noch Spaß, während sich bei uns eine gewisse Lähmung breit machte.

Was die kleinen Lichtpunkte anging, konnte ich lange Zeit nicht glauben, dass es sich hierbei ebenfalls um Sonnen handelte. Sie befanden sich verdammt weit weg und erschienen deshalb als kleine, punktförmige Lichtlein. Das Universum musste schon ungeheuer groß sein, wenn alle diese Sonnen in ihm Platz fanden. Was für eine Verschwendung.

Endlich hatte ich das Universum gesehen und wusste nun wovon die Wasserstoffs erzählten. Von nun an würde ich mitreden können. Doch leider hatten sich die Besserwisser fast alle aus dem Staub gemacht und waren nach der letzten Explosion im Weltraum verschwunden. Die noch vorhandenen befanden sich klar in der Minderheit und zeigten kein Interesse, mit mir über das Universum zu diskutieren. Also sicherte ich mir einen Platz an der Oberfläche, wo man die Dinge und Ereignisse gut beobachten konnte und sammelte weiter Erkenntnisse.

Als ich noch über die Weiten des Universums nachdachte und versuchte, mir seine Größe vorzustellen, bemerkte ich plötzlich, dass das nukleare Feuer in meiner Sonne nicht mehr brannte. Die Neutrinos, die bei nuklearen Prozessen entstehen, waren verschwunden. Mit dem Absprengen der äußeren Hülle hatte sich meine Sonne von den Helium- und Wasserstoffatomen und damit von ihren letzten, nennenswerten Brennstoffvorräten für das nukleare Feuer getrennt. Die beiden Atomsorten hatten sich auf Nimmerwiedersehen in den Weltraum verabschiedet oder waren auf unserer Nachbarsonne gelandet.

Mir wurde klar, dass meiner Sonne mit dieser Aktion ein dummer Fehler unterlaufen war. Wie konnte sie nur die Wasserstoffs einfach so davon ziehen lassen! Das nukleare Feuer war jetzt erloschen, unsere Energieversorgung zusammengebrochen und es gab kein Konzept für die Zukunft. Kein Wunder, dass es immer kälter wurde. Das bisschen Wärme von der Nachbarsonne reichte bei weitem nicht aus, um unseren Energiebedarf zu decken.

Als das nukleare Feuer noch brannte, gab es ein Gleichgewicht. Die Energie, die meine Sonne in den Weltraum abgab, wurde in ihrem Innern durch das Verbrennen von Wasserstoff und Helium erzeugt. Bisher hatten der Druck und die Hitze in der Sonne verhindert, dass die Gravitation sie zusammenzog. Doch jetzt nahm der Druck im Innern kontinuierlich ab, weil meine Sonne langsam auskühlte. Die Gravitation bekam mehr und mehr die Oberhand und zog alles gnadenlos zusammen. Meine Sonne wurde nicht nur kälter, sondern begann auch zu schrumpfen.

Wenigstens eine gute Seite hatte das Ganze. Die Gravitationsenergie, die durch das Zusammenziehen der Materie frei wurde, hielt uns noch eine Weile warm. Das Universum gab uns noch einen Aufschub.

Nach und nach fanden die energiereichen Photonen den Weg zur Oberfläche und machten sich vom Acker. Die großen Ströme, die Konvektionsrollen, die das Sonneninnere durchmischten, kamen zum Erliegen und es wurde sehr ruhig. Die schwereren Sauerstoffatome sanken zum Zentrum und meine Kohlenstoff-Kumpel und ich bildeten eine Schale um den Sauerstoff. An der Oberfläche versammelten sich noch ein paar übrig gebliebene Heliumatome und Wasserstoffs. Sie waren am leichtesten und wurden dadurch an die Oberfläche gedrückt. Meine Sonne hatte sich in einen weißen Zwerg verwandelt.

Auch ich befand mich an der Oberfläche und fragte die Wasserstoffs nach den Protuberanzen, der Korona und den anderen Dingen, die ich aus ihren Erzählungen kannte. Sie hatten keine Ahnung und konnten auch nicht erklären, was mit unserer Sonne geschehen war. Die Gravitation war offensichtlich so stark geworden, dass all diese Phänomene verschwunden waren und es kein Entkommen mehr gab. Es schien, als ob uns die Gravitation fest im Griff hatte.

Da die Korona nicht mehr existierte, konnte man mehr und mehr Details im Weltraum erkennen. Ich schaute mir die Muster an, die die Sterne am Firmament zeichneten und genoss die Sonnenaufgänge unserer Begleitsonne. Sie bombardierte uns mit langwelligen Photonen und Teilchen, die von ihrem Sonnenwind kamen. Wenn sie über uns hinweg zog, sorgte sie für etwas Wärme und Abwechslung. In den Nächten blieb es aber kalt. Manchmal schickte sie ein paar Wasserstoffs zu uns rüber, um uns aufzumuntern, doch mit denen machte das Wasserstoffschubsen keinen richtigen Spaß mehr.

Unsere Sonne wurde immer kleiner und ich dachte, dass es vielleicht besser gewesen wäre, sie bei einer der Explosionen zu verlassen, so wie die Wasserstoffs und Heliumteilchen das getan hatten. Doch dafür war es zu spät. Ein bisschen Trost spendete mir die Tatsache, dass ich über einen guten Platz an der Oberfläche verfügte und dem entgegensehen konnte, was auf uns zukam. Zunächst kam da aber lange gar nichts. Die Stimmung verschlechterte sich zunehmend. Das Schrumpfen unserer Sonne machte uns allen ernsthafte Sorgen.

Es müssen schon einige Millionen Sonnenaufgänge gewesen sein, als der Schrumpfungsprozess plötzlich ein Ende fand. Unsere Sonne, die früher einen Durchmesser von mehr als einer Million Kilometer aufwies, wurde jetzt durch die Gravitation auf eine Größe von weniger als 100 km zusammengedrückt. Wir fühlten uns wie in einer Ölsardinendose, in die man die tausendfache Menge an Sardinen gepackt hatte. Doch die Enge störte uns nicht. Wir waren heil froh, dass das Schrumpfen aufgehört und sich die Sonne stabilisiert hatte. Irgendetwas musste die Gravitation aufgehalten haben. Wer konnte so mächtig gewesen sein und es gewagt haben, der Gravitation entgegen zu treten?

Ihr werdet es kaum glauben, es waren unsere Elektronen. Diese unscheinbaren Teilchen, denen ich die letzten paar Millionen Jahre kaum Aufmerksamkeit geschenkt hatte. Genau die hatten sich gewehrt, sich gegen die Gravitation gestellt und alles zum Stillstand gebracht.

Dabei muss man wissen, dass Elektronen sehr eigensinnige Teilchen sind. Jedes beansprucht einen eigenen Zustand, einen kleinen Platz, an dem es alleine sein kann. Niemals wollen sie mit anderen Elektronen den gleichen Zustand teilen. Und darüber lassen sie auch nicht mit sich reden.

Unsere Sonne war so klein geworden, dass die Elektronen nicht mehr genügend Zustände bzw. Plätze fanden. Dadurch baute sich zur Gravitation ein Gegendruck auf. Die Elektronen ließen sich aus purem Eigensinn einfach nicht weiter zusammenquetschen. Die Gravitation besaß nicht genügend Kraft und so endete das Schrumpfen unserer Sonne in einem stabilen Zustand.

Na ja, auf der einen Seite freuten wir uns, dass der Prozess ein Ende fand, doch andererseits schienen die Aussichten für die Zukunft auch nicht gerade rosig zu sein. Den Rest der Zeit auf so engem Raum zu verbringen, ohne sich großartig bewegen zu können, entsprach nicht gerade dem, wovon ein Kohlenstoffatom so träumte. Außerdem wurde es jetzt richtig kalt. Weil das Schrumpfen zu Ende war, gab es auch keine Gravitationsenergie mehr. Unsere letzte Energiequelle versiegte. Doch wir hatten keine Wahl und konnten nichts dagegen tun.

Ein paar weitere Millionen Jahre vergingen – ein kleiner Moment im Universum – und abgesehen von ein paar Asteroiden, die einschlugen und dabei ein ziemliches Durcheinander verursachten, wurde es immer ruhiger. Wir dachten, unser Schicksal wäre endgültig besiegelt.

Eigentlich wäre die Geschichte hier zu Ende, doch es gab noch die andere Sonne und die hielt noch einige Überraschungen für uns bereit.

Die Supernova

Jeden Morgen ging die Nachbarsonne am Horizont auf und schob sich dann über uns hinweg zur anderen Seite des Horizonts. Manchmal erschien sie mir größer, manchmal etwas kleiner. Ich studierte ihre Bahn und wurde ein Experte für Doppelsternsysteme. Schon nach ein paar hundert Jahren durchschaute ich, was hier geschah. Die beiden Sonnen kreisten um einen gemeinsamen Schwerpunkt. Es waren keine exakten Kreisbahnen mit einem konstanten Radius, sondern mehr elliptische Bahnen. Das musste so sein, weil mir die andere Sonne manchmal größer und dann wieder kleiner erschien. Zusätzlich drehte sich meine Sonne um sich selbst, was das Beobachten der anderen nicht unbedingt einfacher machte. Ich glaubte, dass die andere sich auch um sich selbst drehte, doch das spielte für mich keine Rolle.

Dann stellte ich fest, dass die andere Sonne langsam größer wurde. Zuerst dachte ich, dass das mit der Bahnbewegung der beiden Sterne zusammen hängen würde. Die andere Sonne käme uns immer näher und würde dadurch größer erscheinen. Doch das war nicht der Fall. Sie wuchs tatsächlich kontinuierlich. Sie blähte sich auf wie ein Luftballon, den man aufbläst und errötete dabei. Sie wurde zu einem roten Riesen, der immer beeindruckender und übermächtig über uns hinweg zog. Ich wartete darauf, dass sie platzen oder zumindest etwas von ihrer Hülle absprengen würden, so wie das meine Sonne getan hatte. Doch den Gefallen tat sie mir leider nicht. Hin und wieder schleuderte sie etwas Materie zu uns herüber, wenn es an ihrer Oberfläche zu großen Ausbrüchen kam.

An einem schönen Morgen wurde sie dann so groß, dass die Materie an ihrer Oberfläche, die uns zugewandt war, von meiner Sonne stärker angezogen wurde als von ihr selbst. Das führte dazu, dass von da an ein leichter Materiewind zu uns herüber wehte. Meine Sonne hatte es tatsächlich geschafft, den roten Riesen anzuzapfen. Kaum zu glauben: Die Materie, die uns zu nahe kam, weil der rote Riese immer größer und größer wurde, wechselte auf unsere Seite!

Die Teilchen der anderen Sonne brachten etwas Energie und Abwechslung. Allerdings befanden sie sich nicht in bester Stimmung. Es handelte sich hauptsächlich um Wasserstoffs und die wollten eigentlich ihren roten Riesen verlassen und in den Weltraum entweichen. Stattdessen waren sie nun auf einem weißen Zwerg gelandet, der kalt und langweilig seine Bahn zog. Sie jammerten und wären lieber auf ihrer Sonne geblieben, die zumindest noch einige Attraktionen bot.

Die Nachbarsonne hörte indes nicht auf, sich aufzublasen. Der Wind, der von ihr kam, wurde stärker und verwandelte sich in einen gewaltigen Materiestrom. Es sah so aus, als hätte meine Sonne einen riesigen Rüssel, mit dem sie die Materie des anderen Sterns ansaugte. Sie zog im großen Stil die Teilchen zu uns herüber.

Diese stürzten nicht einfach auf unseren weißen Zwerg, sondern kreisten spiralförmig um ihn herum, bis sie auf der Oberfläche auftrafen. Um unsere Sonne hatte sich eine riesige Aggregationsscheibe gebildet, die hell leuchtete. Uns umgab ein gewaltiger Feuerreif. Durch die freiwerdende Gravitationsenergie und die Reibung in der Aggregationsscheibe heizte sich die Materie mächtig auf und emittierte jede Menge Photonen. Zum größten Teil handelte es sich um energiereiche Gammas, die uns natürlich sehr willkommen waren.

Die Photonen und der Teilchenstrom brachten uns neue Wärme, die unserem kalten Kern gut tat und in uns neue Hoffnung weckte. Wir begrüßten die Teilchen, die jede Menge Energie mitbrachten, wenn sie auf der Oberfläche einschlugen. Endlich geschah wieder etwas. Wir waren schon viel zu lang in diesem erstarrten Zustand gefangen. Das Universum meinte es gut mit uns. Es handelte sich um jede Menge Wasserstoffs und so hoffte ich insgeheim, dass das nukleare Feuer sich vielleicht wieder entfachen könnte und der Wasserstoff zu brennen begann.

Leider geht das mit dem nuklearen Feuer nicht so schnell. Wie ich euch schon erzählt habe, braucht man einen gewaltigen Druck und ungeheure Hitze, bis das Feuer zündet. Doch die Temperatur unsere Sonne war stark abgekühlt und weit vom Zündpunkt entfernt. Wir mussten geduldig sein. Ich befand mich immer noch an der Oberfläche und bewunderte mit ein paar meiner Kohlenstoff-Kumpel die riesige, glühende Spirale, die uns umgab.

Das Dasein machte wieder Spaß. Es wurde immer wärmer, wir tankten Energie, die Diffusion kam in Gang und wir spielten auch wieder ein wenig Wasserstoffschubsen. Meine Sonne wuchs so vor sich hin und wir waren guter Dinge. Wir glaubten, dass es nicht mehr lange dauern würde, bis das nukleare Feuer zündete und uns mit Wärme aus dem Innern der Sonne versorgte. Ich verfolgte den Plan, mit der ersten Konvektionsrolle zurück ins Innere zu gelangen, um im heißen Plasma Wärme zu tanken.

Ich wusste nicht, dass der Druck auf die Elektronen, die die Sonne immer noch stabilisierten, größer und größer wurde. Durch die neue Materie verstärkte sich die

Gravitation. Der Druck im Innern der Sonne nahm zu und die kleinen Elektronen mussten das alles aushalten.

Plötzlich kamen aus dem Innern meiner Sonne jede Menge Neutrinos. Es drängten sich so viele von den Geisterteilchen, dass wir sie deutlich spürten, obwohl man sie ja sonst kaum bemerkte. Sie brachten uns sogar etwas Wärme aus dem Kern, was ich zuvor noch nie erlebt hatte, da es bisher mit ihnen keine Wechselwirkung gab. Es bahnte sich etwas an, denn ihre Existenz signalisierte eindeutig, dass die nuklearen Prozesse wieder in Gang gekommen waren. Allerdings kamen sie aus dem Innern, wo es gar keine Wasserstoffs gab und die Tatsache, dass sie so zahlreich auftraten, machte mich nachdenklich. Schade dass sie sich so geisterhaft benahmen und man aus ihnen nicht schlau wurde. Sie hätten uns sicher sagen können, was da im Innern vor sich ging.

Trotzdem freuten wir uns über das nukleare Feuer, das jetzt offensichtlich brannte, Energie lieferte und uns bald die ersehnte Wärme bringen würde. Es dauerte nicht so lange, wie ich gedacht hatte. Mir war es recht so. Zum Feiern blieb uns allerdings nur wenig Zeit.

Nach ein paar Tagen kam aus dem Innern der Sonne eine riesige Neutrinowelle, die alles übertraf, was ich bis dahin gekannt hatte. Es waren so viele Neutrinos, dass eine äußere Schicht der Sonne stark aufgeheizt wurde. Die Temperatur stieg so sehr an, dass in der Hülle aus Wasserstoffs, die sich durch den Materiestrom gebildet hatte, spontan nukleare Prozesse einsetzten und es zu einem höllenartigen Hüllenbrand kam.

Das nukleare Feuer war entfacht, schien aber außer Kontrolle geraten zu sein. Die Ereignisse überstürzten sich. Wir wurden mit Energie geradezu überflutet. Es entstanden

Atome, die wir zuvor noch nicht gesehen hatten. Schwere Atome, die um einiges größer waren als wir. Mir wurde angst und bang. Das Feuer brannte heißer als je zuvor und die Wasserstoffhülle heizte sich spontan so sehr auf, dass es plötzlich zu einem gewaltigen Ausbruch kam, bei dem unsere Sonne explodierte. Es kam zu einer Supernova.

Wenn eine Sonne explodiert und es zu einer Supernova kommt, sollte man darauf achten, sich nicht zu weit im Innern der Sonne aufzuhalten. Das ist leichter gesagt als getan, aber enorm wichtig. Mona, ein Sauerstoffatom, das ich später traf, konnte mir das erklären.

Ganz im Innern implodiert ein Teil der Sonne. Dieser Teil fällt regelrecht in sich zusammen, weil die Gravitation alles gnadenlos zusammenzieht. Es entsteht ein Neutronenstern, der um einiges kleiner ist, als ein weißer Zwerg.

Bei meiner Sonne wurden die Gravitationskräfte kontinuierlich stärker, weil unsere Nachbarsonne uns mit Materie versorgte. Irgendwann konnten die Elektronen, die bis zu diesem Zeitpunkt einen Kollaps der Materie verhindert hatten, der Gravitation nichts mehr entgegensetzten. Sie hielten den Gravitationsdruck nicht mehr aus und wurden in die Atomkerne gedrückt.

Ein schrecklicher Gedanke. Der Druck muss schon enorm hoch sein. Die Elektronen reagieren mit den Protonen in den Kernen und bilden Neutronen und Neutrinos. Die Atome werden dabei alle zerstört und die ganze Materie, die dann nur noch aus Neutronen besteht, fällt in sich zusammen. Das ist das Ende. Im Innern des weißen Zwergs bildet sich ein Neutronenstern, der aus Sicht der Atome ein Todesstern ist, weil die Atome ja alle zerstört werden. Der Kollaps setzt dabei eine gewaltige Menge an Energie frei.

Die Neutrinos, die bei der Reaktion erzeugt werden, können dem Todesstern entkommen, transportieren einen Teil der Energie nach außen und heizen eine Hülle um den Kern stark auf. Ein Teil der entstehenden Neutronen wird durch den Kollaps so stark beschleunigt, dass sie ebenfalls dem Neutronenstern entkommen und einen weiteren Teil der Energie nach außen tragen. Zurück bleibt ein großer Klumpen aus Neutronen.

Die Hülle um diesen Klumpen wird durch die austretenden Neutrinos und Neutronen so stark aufgeheizt, dass es hier zu einem Hüllenbrand kommt. Dabei kann es einem passieren, dass man durch eine nukleare Reaktion zerstört oder in ein sehr schweres Teilchen umgewandelt wird. Und wer will das schon?

Da es sich bei unserer Supernova um eine Explosion handelte, die ein paar Tage dauerte, kam es zu besonders hohen Temperaturen. Unter diesen Bedingungen entstanden sehr große und schwere Atome. Solche schweren Teilchen erzeugen bei ihrer Entstehung keine Energie, vielmehr muss Energie aufgebracht werden, um sie zusammenzubacken. Diese Energie war reichlich vorhanden.

Damals erkannte ich, dass es zwei Kategorien von Atomkernen gibt. Schwere Kerne, die zusammengebacken werden müssen und die Energie abgeben, wenn man sie in zwei kleinere Atomkerne aufspaltet. Leichte, welche Energie erzeugen, wenn sie brennen und mit anderen Kernen reagieren. Die großen Atomkerne können zerfallen, manchmal spontan, manchmal muss man etwas nachhelfen und die kleinen Atomkerne können brennen, also mit anderen kleinen Kernen reagieren. Bei beiden Prozessen wird Energie frei.

Die Grenze zwischen den großen und kleinen Atomkernen bildet das Eisen. Seine Atome haben den perfekten Kern, der weder brennt, noch Energie abgibt, wenn er gespalten wird. Energetisch gesehen liegt er in einem Tiefpunkt. Manche Atome sind der Meinung, dass es aus diesem Grund irgendwann im Universum nur noch Eisenatome geben wird. Was für ein schrecklicher Gedanke.

Das Universum meinte es gut mit mir, denn ich befand mich - wie gesagt - an der Oberfläche. Dieser Bereich wird bei einer Supernova durch die Energie, die aus dem Innern kommt, in einer gewaltigen Explosion abgesprengt. Diese hatte mich sozusagen kalt erwischt, nahezu auf Lichtgeschwindigkeit beschleunigt und dann in den Weltraum geschossen. Ich schnappte mir meine Elektronen und los ging es, volle Kraft voraus, dorthin, wo für mich früher die Hölle war. Doch das schien immer noch besser, als auf dem Todesstern zu landen.

Flug durch die Hölle

Das Zentrum der Explosion lag schon ein ganzes Stück hinter mir. Ich wollte nicht mehr zurückschauen. Die Supernova hatte mir einen extra Kick gegeben und ich flog mit einer irren Geschwindigkeit durch das Universum. Unglaublich, noch nie zuvor war ich so lange in eine Richtung geflogen ohne mit einem anderen Teilchen frontal zusammenzustoßen. Ich flog immer geradeaus, fort vom Zentrum der Explosion, von meiner Sonne, die leider explodiert und jetzt nicht mehr vorhanden war.

Doch bei aller Euphorie über meine Reisegeschwindigkeit, der Verlust meiner Sonne machte mir schon schwer zu schaffen. Gut, meine Sonne entsprach am Ende nicht mehr dem, was ich ursprünglich so an ihr geliebt hatte. Doch sie war immerhin meine Heimat, so etwas wie ein Brutkasten, in dem ich entstanden war, der mir Geborgenheit und vor allem jede Menge Energie geschenkt hatte. Ich musste an die schöne Zeit im heißen Plasma denken. Ich schaute zurück auf ein paar schöne Hundert Millionen Jahre, die ich mit meinen Kohlenstoff-Kumpel verbracht hatte. Jetzt war ich ganz mutterseelenallein und sauste mit einem Höllentempo durch das Universum. Obendrein empfand ich es noch als wahnsinnig kalt hier draußen.

Soweit ich das bei einem schnellen Blick zurück erkennen konnte, war meine Sonne komplett explodiert und hatte die gesamte Materie in den Weltraum geschleudert. Auch der Neutronenklumpen musste daran glauben. Er wurde durch die Explosion in tausend Stücke zerrissen. Unsere Nachbarsonne war ebenfalls betroffen und verlor ihren Partner und damit den Halt im Universum. Die Explosion gab ihr einen extra Kick und sie flog davon, allerdings in eine ganz andere Richtung. Ich fragte mich noch, was denn wohl ihr Ziel sei und was sie anrichten würde, wenn sie dort ankam. Bei einem Feuerball mit einem Durchmesser von einer Million Kilometer gibt es bestimmt einen wahnsinnigen Knall, wenn er irgendwo einschlägt. Da wäre ich gern dabei gewesen.

Kurz nach der Explosion zog ich meine Elektronen eng an mich heran. Sie umhüllten mich wie ein Pelz. Durch die Elektronen war ich über zehntausend Mal größer geworden, auch wenn sie nur einem feinen Schleier glichen, der mich umgab. Ich genoss es, sie bei mir zu haben, denn ohne sie würde ich mich jetzt, in den Weiten des Weltraums, nackt fühlen. Sie gehörten zu mir, schirmten die Ladung meines Kerns ab und machten aus mir ein neutrales, atomares Teilchen. Leider wärmten sie mich kein bisschen.

Ich brauste durch das Universum und bald kam es mir so vor, als ob ich ganz allein unterwegs war. Als einzige Begleiter tauchten von Zeit zu Zeit ein paar Photonen auf, die dann an mir vorbeisausten. Ich dachte, dass ich eigentlich mit den Photonen mithalten könnte und fast genauso schnell unterwegs wäre wie sie. Gerne hätte ich mich mit ihnen unterhalten, ein bisschen Konversation betrieben, vielleicht ein paar Fragen gestellt. Ich wollte herausfinden, wie sie es schafften, so schnell zu sein. Immer wenn ein Photon von hinten kam und mich überholte, versuchte ich Kontakt aufzunehmen. Doch jedes Mal musste ich feststellen, dass es mich nicht langsam überholte, sondern mit der gleichen Geschwindigkeit an mir vorbeisauste, wie sonst auch. Und das obwohl auch ich mich sehr, sehr schnell bewegte. Ich hatte erwartet, dass sie viel langsamer an mir vorbeiziehen würden.

Dann kamen mir ein paar Photonen entgegen. Auch sie rasten mit dem gleichen Tempo an mir vorbei, obwohl sie dieses Mal von vorne kamen. Eigentlich hatte ich gedacht, dass sie schneller sind, wenn sie mir entgegen kommen und sich unsere Geschwindigkeiten addierten. Doch offensichtlich schien sie mein Tempo überhaupt nicht zu interessieren. Unglaublich, egal von welcher Richtung ein Photon heransauste, es besaß relativ zu mir immer die gleiche Geschwindigkeit. Und so gab ich dieser Geschwindigkeit, zu der man offensichtlich keine andere addieren konnte, die unabhängig vom Tempo des Beobachters war und nur den Lichtteilchen gehörte, den Namen Lichtgeschwindigkeit.

Durch mein hohes Tempo, das bestimmt mit der Lichtgeschwindigkeit vergleichbar war, schien sich die Welt um mich herum zu verändern oder zumindest nahm ich sie anders wahr. Die Maßstäbe verkürzten sich in Flugrichtung und die Objekte, an denen ich vorbeiflog, wirkten gestaucht. Größere Brocken, denen ich begegnete, wirkten wie Pfannkuchen, obwohl sie wahrscheinlich eher kugelförmig waren. Die Objekte schienen sich leicht zu drehen, wenn man an ihnen vorbeisauste. Außerdem war auch etwas mit der Farbe nicht mehr so ganz in Ordnung. Bei einem Blick zurück, wies alles einen extremen Rotstich auf. Blickte man nach vorn, erschienen die Dinge mehr blau, so als ob die Lichtwellen nach vorne gesehen gestaucht und nach hinten gesehen auseinander gezogen wurden und dadurch ihre Farbe änderten.

Dann gelang es mir, mit meinen Elektronen ein Photon einzufangen. Eines von denen, die eher ein kleineres Energiepaket transportieren. Es kam direkt auf mich zu, prallte auf meine Elektronenhülle und katapultierte ein Elektron in eine höhere Schale, in einen angeregten Zustand. Mein Elektronenkleid plusterte sich auf, wie das Federkleid eines Vogels, der auf einem Ast sitzt und friert. Das ließ mich etwas größer und dicker erscheinen. Ich fand es ganz lustig. Ein bisschen kitzelte es, doch ich spürte nicht diese Erregung, wie bei den Gammas in meiner Sonne, die meinen Kern in einen angeregten Zustand versetzte. Das war natürlich um ein vielfaches aufregender gewesen.

Obwohl ich mit meinen Elektronen sehr vorsichtig hantierte, ging das Photon in dem Moment kaputt, als es seine Energie an eines meiner Elektronen übergeben hatte. Es war genau gleich, wie bei den Gammas, die ich mit meinem Kern einfangen konnte. Die Photonen schienen tatsächlich nur aus Energie zu bestehen. Von ihnen blieb nichts übrig und eine Kommunikation konnte man vergessen.

Es dauerte meist nur einen Moment, dann hüpfte mein Elektron zurück in seinen alten Zustand und ich schleuderte ein Photon in den Weltraum hinaus. Was für ein Spaß. Ich hatte ein Photon erzeugt, auf Lichtgeschwindigkeit beschleunigt und es auf den Weg geschickt. Das war ganz einfach. Ich spielte das Spiel wann immer ich konnte. Hier in den Weiten des Weltraums brachte das eine willkommene Abwechslung. In meiner Sonne hatte ich es anders empfunden. Dort verfügten die Photonen über viel mehr Energie, wenn sie auf meinen Kern trafen. Es kribbelte unangenehm und ich war froh, wenn ich ein Gamma erzeugen und wieder in den Grundzustand zurückkehren konnte.

Leider gab es hier im Weltraum nur wenige Photonen, mit denen ich das Spiel spielen konnte. Einerseits verirrten sich nur wenige zu mir und auf der anderen Seite brachten viele von ihnen nicht die richtige Energie mit. Es funktionierte nämlich nur, wenn die Energie des Photons genau der Energie entsprach, die man brauchte, das Elektron in einen angeregten Zustand zu heben.

Dann kam ich auf die Idee, die Energie der Photonen für längere Zeit an mich zu binden. Doch irgendetwas zwang mich immer, ein Photon zu erzeugen und die Energie wieder abzugeben und in einen Zustand zu gehen, der weniger energiereich war. Es schien, als ob das Universum nicht wollte, dass man die Energie sammelte und an einem Ort konzentrierte. Die Energie musste wieder zurückgegeben werden, damit andere auch die Möglichkeit bekamen, etwas mit ihr anzufangen. Sie durfte nicht angehäuft, sondern musste im Universum schön verteilt werden.

Vielleicht geht es aber auch nur um die Unordnung. Jeder kennt das, egal was man tut, die Unordnung nimmt immer zu. Ordnung herzustellen ist sehr schwierig und aufwändig, erfordert viel Disziplin. Statistisch gesehen gibt es viel mehr unordentliche als ordentliche Zustände. Die Wahrscheinlichkeit, dass sich spontan Ordnung einstellt ist daher eher gering.

Ich denke, bei der Energie ist das genauso. Das Universum möchte wahrscheinlich, dass auch die Unordnung der Energie ständig zunimmt und die Energie so gut es geht im Universum verteilt wird. Es ist wie ein Zwang, eine Art Kraft, die für Unordnung sorgt und die Energie verteilt. Diese Sache ist eigenartig. Als Atom kann man die Kraft nicht spüren. Sie zwingt einen aber die Energie abzugeben und in einen energieärmeren Zustand zu gehen.

Das war auch schon so in meiner Sonne. Auch dort sorgte irgendetwas dafür, dass sich die Energie nicht an einer Stelle konzentrieren konnte, sondern in der Sonne gut verteilt und letztendlich in das Universum abgegeben wurde. Es ist die gleiche Kraft, die euren Kaffee kalt oder eurer Bier warm werden lässt, weil sie die Energie verteilen will. Da hilft auch keine Thermoskanne. Sie kann den Prozess nur verzögern, aber nicht aufhalten.

Die Nacht war kühl oder besser gesagt eiskalt. Da es keine Sonne gab, die irgendwo für mich aufging, dauerte die Nacht auch sehr lange. In den Weiten des Weltraums verteilte sich die Energie scheinbar unendlich. Sie schien verloren zu gehen, was die erbärmlichen Temperaturen erklärte. Kälte bedeutet für ein atomares Teilchen eigentlich Einsamkeit, denn die Kälte an sich spüren wir nicht wirklich. Die fehlende Reibung und Kontakte mit anderen Teilchen aber schon.

Im Vakuum gibt es so gut wie gar nichts, was einen auch nur ein bisschen aufwärmt. Hie und da kommt ein Photon vorbei und bringt etwas Energie mit. Doch die muss gleich wieder abgegeben werden. Die Zusammenstöße mit anderen Teilchen sind extrem selten. So kann man praktisch keine Energie austauschen oder sich an einem anderen Teilchen reiben. Es gibt nicht die geringste Illusion von Wärme.

Als einziges spürte ich eine leichte Wärmestrahlung, die den Weltraum ausfüllte. Diese langwelligen Photonen besaßen aber zu wenig Energie. Meine Elektronen reagierten auf sie nicht im Geringsten. Ich fragte mich, was diese Wärmestrahlung verursacht hatte, die scheinbar aus allen Richtungen kam und trotzdem den gleichen Ursprung zu haben schien. Vielleicht war diese Strahlung ein Überbleibsel des großen Knalls, von dem die Wasserstoffs erzählt hatten, und die Photonen geisterten seit dieser Zeit durch

das Universum. Sicher waren sie in der Zwischenzeit abgekühlt und wurden dadurch immer langwelliger und auch
langweiliger. Leider konnte ich mich mit den Photonen
nicht unterhalten und so mehr über ihre Existenz erfahren.

Ich flog eine ganze Zeit durch das Nichts. Die meisten größeren Objekte befanden sich verdammt weit weg
und Zusammenstöße mit Photonen oder anderen Teilchen
wurden immer seltener. Die Einsamkeit und Stille um mich
herum nahm zu. Ich dachte, ich sei zum Stillstand gekommen, weil ich meine eigene Geschwindigkeit nicht mehr
wahrnehmen konnte.

Wenn es sehr ruhig um einen herum ist, verschärfen sich
die Sinne. So stellte ich plötzlich fest, dass die Leere, in der
ich mich befand, gar nicht so leer war. Man musste schon
sehr genau aufpassen, doch von Zeit zu Zeit entstanden im
Vakuum, aus dem Nichts, irgendwelche Paare, die plötzlich
auftauchten. Es handelte sich immer um ein Teilchen und
ein Antiteilchen. Sie wirbelten kurz um einander herum
und ich hatte den Eindruck, dass sie wild diskutierten, ja
zankten. Dann stürzten sie sich aufeinander, löschten sich
gegenseitig aus und alles war vorbei. Es blieb nichts von
ihnen übrig.

Sie verhielten sich wie Geister, die sich für einen kurzen
Moment vom Universum etwas Energie ausgeliehen
hatten, um in der realen Welt erscheinen zu können. Es
funktionierte anscheinend so wie bei den Teilchen, die sich
Energie ausliehen, um eine Barriere zu überwinden. Umso
größer die Teilchen waren, desto mehr Energie brauchten
sie und umso schneller endete der Spuk auch wieder.

Mich interessierte nur, warum die Teilchen so aufge-
regt diskutierten, was sie zu besprechen hatten. Doch es

war nicht einfach, sie zu belauschen, da sie ja nur für einen Augenblick existierten.

Als es mir endlich einmal gelang, an ein Paar genügend nahe heranzukommen, fand ich heraus, dass es nur darum ging, einen möglichst großen Abstand voneinander aufzubauen. Wenn sich Teilchen und Antiteilchen zu nahe kommen, löschen sie sich gegenseitig aus und genau das wollten sie verhindern. Sie beabsichtigten sich zu trennen, um weiter zu existieren. Doch das Universum machte offensichtlich keine Ausnahmen. Gnadenlos forderte es die ausgeliehene Energie zurück und zwang damit die Teilchen wieder zusammen.

Ich habe nie ein Paar beobachtet, dem es gelang voneinander loszukommen. Nach einer kurzen Existenz verschwanden sie immer wieder im Nichts. Das Universum, das die Energie dafür verlieh, schien unbestechlich zu sein. Wenn die Zeit abgelaufen war, musste die Energie zurückgeben werden und das ging bei den Teilchenpaaren nur, wenn sich die Paare gegenseitig vernichteten. Der Tanz war also hoffnungslos. Die ganze Existenz der Paare beruhte auf einem Kredit, der nach einem kurzen Augenblick platzte.

Die Galaxie

Das Universum war voller leuchtender Objekte und ich machte mir die Mühe, sie ein paar zehntausend Jahre zu studieren. Ich beobachtete die verschiedensten Sterne: Große und kleine, helle und dunkle, weiße Zwerge und rote Riesensterne. Manche blinkten und sendeten Lichtblitze im hundertstel Sekunden Takt oder sie blähten sich regelmäßig auf, um dann wieder zu schrumpfen, so als würden sie atmen. Es gab Doppelsterne, die innerhalb von Jahren, Tagen oder Stunden umeinander kreisten und es existierten Sonnensysteme mit Planeten. Manche Sterne schleuderten Materie in den Weltraum hinaus oder saugten Materie von ihrem Nachbarstern ab. Und es gab schwarze Löcher, um die ich einen großen Bogen machte. Alle diese Objekte hatten eines gemeinsam: Sie waren sehr weit weg. Das machte das Beobachten schwer, das Ausweichen allerdings sehr einfach.

Alle paar Tausend Jahre explodierte ein Stern und es kam zu einem kleinen Feuerwerk in Form einer Supernova. Oft leuchtete dieser Stern dann für einen Moment heller, als alle Sterne in der Milchstraße zusammen, bevor es ihn endgültig zerriss.

Schön anzuschauen waren auch Gaswolken und Nebel, die durch die Supernovae zum Leuchten angeregt wurden oder das Licht anderer Sterne reflektierten. Es gab dunkle Wolken, die das Licht der anderen verdeckten und bizarre Objekte formten und so für Illusionen sorgten. Ein dunkler Nebel sah zum Beispiel wie ein Pferdekopf aus. Mit etwas Fantasie konnte man sich auch andere Vergleiche ausmalen.

Die Sterne waren nicht regelmäßig verteilt. Über den Himmel zog sich ein Band, indem sich die Sterne häuften. Es sah so aus, als ob mich eine Art Ring, eine Straße aus Sternen umgab. Oder befand ich mich in einer Scheibe aus Millionen von Sternen?

Viel mehr von ihnen konnte ich erkennen, wenn ich in Richtung der Scheibe blickte. Senkrecht zur Scheibe zeigten sich viel weniger. Mir wurde klar, dass das Universum ein riesiges Gebilde erschaffen hatte. Wenn ich das richtig sah, bestand es aus ein paar Hundert Milliarden Sonnen, die zusammen eine riesige Scheibe bildeten, eine Galaxie. Ihre Größe war so gewaltig, dass selbst das Licht einige Hunderttausend Jahre benötigte, um von einem Ende zum anderen zu gelangen. Ich, für meinen Teil, hatte bisher nur ein kleines Stück von ihr kennengelernt. Sie drehte sich langsam um sich selbst. Das verhinderte, dass alle diese Sterne ins Zentrum stürzten.

Ich flog auf den Rand der Galaxie zu und nach und nach wurden die Sterne weniger. Weiter draußen besaß die Galaxie riesige Arme, die sich spiralförmig um die Scheibe anordneten. Ich flog an einem Spiralarm entlang, der aus Milliarden von Sternen bestand. Ich spürte seine Gravitationskraft, die mich sanft aber unnachgiebig auf eine Kurve lenkte, so dass mein Abstand zum Spiralarm konstant blieb. Die Aussicht auf den funkelnden Spiralarm war grandios, denn in ihm drängten sich die Sterne und andere leuchtende Objekte.

Ich wünschte mir, von einem der Sterne angezogen und eingefangen zu werden und dann, als unendlich kleine Sternschnuppe, auf diesen Stern zu fallen. Doch den Gefallen tat mir leider keiner von ihnen.

Auf der anderen Seite, weg vom Spiralarm, gähnte die große Leere und ich konnte in den weiten Weltraum hinaus schauen. Das Universum war um einiges größer, als ich gedacht hatte. Ich hatte den Rand der Galaxie erreicht. Wenn mich jetzt die Gravitation des Spiralarms losließe, würde ich geradewegs ins Nichts fliegen.

Dort draußen, weit entfernt, gab es Lichtpunkte, die mir wie andere Galaxien vorkamen. Aber sie waren wohl wirklich unendlich weit entfernt. Ich hatte überhaupt keine Lust auf so eine unendliche Reise. Mir wurde ganz anders. Sollte ich meine Galaxie tatsächlich verlassen müssen?

Ein wenig spürte ich noch die Gravitation meiner Galaxie, wie sie versuchte, mich festzuhalten. Doch das reichte nicht mehr aus, um meinen Flug abzubremsen oder gar meinen Kurs zu ändern. Meine Lage schien aussichtslos. Die nächste Galaxie leuchtete Millionen von Lichtjahren entfernt. Ich stand kurz vor der Verzweiflung.

Plötzlich kollidierte ich mit irgendeinem anderen Teilchen. Es kam wie aus dem Nichts auf mich zu. Ich hatte es komplett übersehen. Der Aufprall traf mich so überraschend und heftig, dass ich fast ein Elektron verloren hätte. Nach ein paar Mikrosekunden hatte ich mich wieder gefangen und die Situation unter Kontrolle.

Keine Ahnung um was für ein Teilchen es sich handelte und woher es gekommen war. Der Aufprall war vorüber, bevor ich wieder zu mir kam und das Ding bereits verschwunden. Einige Tausend Jahre ohne jeden Kontakt und dann ein Frontalzusammenprall, volle Kanne direkt auf das p-Orbital.

Etwas Positives brachte der Zusammenstoß allerdings. Ich hatte meinen Kurs geändert und flog nun auf den Spiralarm

zu, zurück in das Gebiet, das voller Sonnen war. Ein Glücks-
gefühl überkam mich. Das Universum hatte mich nicht im
Stich gelassen.

Als ich langsam in den Spiralarm eintauchte, erkannte
ich, dass ich direkt auf eine kleine Sonne zuflog. Noch
mehr Glück, ich konnte es kaum fassen. Gut, es handelte
sich nicht um die nächste Sonne. Sie stand in der zweiten
oder dritten Reihe, doch ich raste direkt auf sie zu.

Das Eintauchen in den Spiralarm war nicht sehr spektakulär, so dicht standen die Sonnen dann doch nicht zusammen. Mit der Zeit sah ich nicht nur vor mir Sterne, sondern
auch neben mir und irgendwann schräg hinter mir.

Ich steuerte auf eine Sonne zu, einen Lichtfleck, der
langsam heller wurde. Ich musste nur etwas Geduld haben.
Ich kann euch gar nicht sagen, wie sehr ich mich freute. Die
Aussicht, wieder ins Warme zu kommen, in eine gewohnte
Umgebung, in der es genügend Energie gab, vergleichbar
mit der, in der ich entstanden war, zu anderen Teilchen, mit
denen ich mich reiben und austauschen konnte, diese Aussicht fand ich einfach großartig.

Die Sonne war nicht besonders groß und besaß damit
wahrscheinlich nicht die Kraft, Kohlenstoff zu verbrennen.
Ich musste also nicht fürchten, in eine nukleare Reaktion
verwickelt zu werden. Alles schien perfekt, ich würde die
Wärme, die Kontakte mit den anderen Teilchen, die Zusammenstöße einfach nur genießen. Vielleicht könnte ich erup-
tive Prozesse kennenlernen, Protuberanzen ausprobieren
oder irgendwelche anderen Dinge tun, die Spaß machten.

Die Sache sah gut aus und ich genoss den Gedanken.
Ich würde mich todesmutig in einem Sturzflug auf die
Sonne werfen, in sie eindringen und mich an den anderen

Teilchen reiben, Energie aufnehmen und jede Menge Photonen produzieren und in die Gegend schleudern. Ich freute mich darauf, tief in die Sonne einzutauchen und mich dort erst mal im heißen Plasma zu erholen, meine Elektronen abzulegen und die Kälte des Universums abzuschütteln.

Oft ist die Vorfreude die reinste Freude, denn wenn es erst einmal so weit ist, gibt es so viele Dinge, die einem die Sache dann doch vermiesen können. Noch hielt diese Vorfreude an und ich genoss sie hemmungslos.

Als ich mich dem Stern näherte, tauchte ich in eine Art Wolke ein, die ihn umgab und die erstaunlich große Ausmaße zeigte. Der Stern befand sich noch sehr weit weg und trotzdem gab es hier schon jede Menge Teilchen und auch Gesteinsbrocken, die ihr vielleicht eher als Staub bezeichnen würdet. Im Vergleich zu den Bereichen, die ich bisher durchquert hatte, war hier ganz schön was los. Außerdem blies mir von der Sonne ein Wind entgegen, der immer stärker wurde, je näher ich ihr kam. Das musste der Sonnenwind sein, von dem die Wasserstoffs erzählt hatten.

Die Anzahl der Teilchen und Gesteinsbrocken nahm zu und es kostete mich viel Mühe, nicht mit den Dingern zusammenzustoßen. Die Atome, aus denen sie bestanden, waren allesamt frustriert. Wahrscheinlich umkreisten sie diese Sonne seit einigen Millionen Jahren und das bedeutete wenig Abwechslung. Sie hatten praktisch keine Energie, dabei aber immer die Sonne vor Augen, allerdings ohne den Hauch einer Chance etwas von deren Energie abzubekommen. Sie taten mir leid. So lange auf einem niedrigen Energieniveau zu verbringen, musste ganz schön deprimierend sein.

Ohne Energie verfügte man als Atom nur über beschränkte Möglichkeiten. So elend wollte ich auf keinen Fall enden.

Geschickt versuchte ich den Hindernissen auszuweichen. Schließlich war mein Ziel die Sonne. Das wollte ich durch einen Zusammenprall mit irgendwelchen apathischen Teilchen nicht gefährden.

Dann erkannte ich, dass die Sonne einige größere Begleiter hatte. Ich sah mehrere, sehr unterschiedlich große Planeten, die sie umkreisten. Im Vergleich zur Sonne schienen sie alle winzig. Sie leuchteten auch nicht selbst, wurden aber von der Sonne angestrahlt und man konnte sie dadurch ganz gut erkennen. Einige befanden sich auf der anderen Seite des Sonnensystems. Die konnten mir schon mal nicht gefährlich werden.

Obwohl die Planeten nicht sehr groß waren, spürte ich ihre Anziehungskraft. Jedes Mal wenn ich an einem vorbeiflog, änderte sich mein Kurs ein klein wenig. Ich steuerte jetzt nicht mehr direkt auf die Sonne zu, glaubte aber immer noch fest daran, dass deren Anziehungskraft groß genug sei, mich einzufangen.

Ich hatte bereits einen Planeten passiert und flog auf den zweiten Planten zu. Eigentlich flog der vor mir her. Während ich ihn verfolgte, erhöhte sich meine Geschwindigkeit durch seine Anziehungskraft kontinuierlich. Und dann spürte ich seine starke Gravitation. So ein Planet besitzt ein ganz ordentliches Gravitationsfeld und tatsächlich packte er mich am Schlafittchen. Es gab kein Entrinnen mehr. Ich lenkte ein und schwenkte auf eine Art Umlaufbahn. Ich dachte mir: Dann schaust du dir den Planeten eben etwas genauer an. Dafür flog ich jedoch viel zu schnell und so konnte ich mich nicht auf der Umlaufbahn halten.

Ich wurde regelrecht aus der Kurve getragen.

Was war das denn? Meine Masse wurde von der Masse des Planeten angezogen. Gut, das kannte ich schon. Die Gravitation zog an mir. Die gleiche Masse zeigte sich sonderbarer Weise nicht bereit, die Richtung so schnell zu ändern. Sie verhielt sich träge und wollte geradeaus weiterfliegen. Das war mir bisher noch nicht aufgefallen. Offensichtlich hatte ich eine schwere und eine träge Masse, die sich beide letztlich auf eine Kreisbahn einigten, indem die träge Masse der schweren Masse langsam nachgab und ich damit meine Richtung kontinuierlich änderte.

Der Planet hatte mich erfasst und beschleunigt, doch für eine Umlaufbahn flog ich, wie gesagt, zu schnell bzw. meine träge Masse war zum Glück zu träge, die Richtung schnell genug zu ändern. Ich flog eine Kurve, der Planet gab mir dabei einen extra Kick und dann konnte ich dem Planeten wieder entkommen. Leider änderte ich meine Richtung so stark, dass ich nun wieder von der Sonne weg flog und dabei aus dem Sonnensystem katapultiert wurde. Ein klassischer Fall von Planetenschleuder, die erstaunlich gut funktionierte.

Ich war stinksauer und konnte es kaum fassen. Diesen Versuch musste ich wohl aufgeben. Jahrhunderte lang hatte ich mich darauf konzentriert, auf dieser Sonne zu landen und nun das! Der Planet benahm sich wie ein Türsteher, der nicht wollte, dass ich meinen Plan umsetzte. Auch der Sonnenwind leistete seinen Beitrag, blies mir kräftig und beständig in den Rücken und trieb mich weiter weg. Offensichtlich wollte man mich hier nicht haben. Was für eine Ernüchterung. Zum Glück passierte ich auch diesmal die gefährlichen Gesteinsbrocken unbeschadet, die mir apathisch auf dem Weg auflauerten und mich scheinbar einfangen wollten.

Ich tröstete mich mit dem Gedanken, dass ich es wahrscheinlich sowieso nicht geschafft hätte, mein Ziel zu erreichen. Ich hatte nicht gedacht, dass es so kompliziert und schwierig war, sich auf eine Sonne fallen zu lassen, dass der Sonnenwind so stark blies und es einem kleinen Teilchen, wie ich es bin, so schwer machen würde. Nun ja, der Spiralarm besaß noch einige Millionen andere Sonnen und so konzentrierte ich mich auf die nächste Gelegenheit. Zunächst musste ich mich neu orientieren und entscheiden, welche von den vielen Sonnen ich als nächste ins Visier nehmen sollte. Es existierten einfach zu viele, die dazu noch sehr weit entfernt leuchteten.

Allerdings machten mir die Staubkörner und größeren Objekte Sorgen. Da in ihnen das nukleare Feuer nicht brannte, wirkten sie auf mich doch sehr langweilig. Ich wollte auf keinen Fall als Teil eines solchen apathischen Haufens durch das Universum fliegen. Leider erwies sich mein neuer Kurs als sehr unglücklich. Und die Schuld gab ich nur diesem Planeten. Nachdem ich die nächsten paar Millionen Jahre an einer größeren Zahl von Sonnen vorbei geflogen war, landete ich schließlich auf der anderen Seite des Spiralarms, in einem großen Gebiet, in dem es nur Sternenstaub und Dreck gab.

Es handelte sich um einen riesigen Nebel aus unendlich vielen Atomen, Staubkörnern und auch ein paar größeren Bröckchen, die aus eurer Sicht wahrscheinlich immer noch winzig klein waren. Mein Traum, auf eine Sonne zu fallen, war geplatzt. Ich musste mein Vorhaben endgültig aufgeben.

Der Sternenstaub

Der Nebel hatte riesige Ausmaße. Er schien mir wie ein dunkler Schleier, der kaum Licht durchließ. Auf der anderen Seite konnte man die Sonnen nur schwer erkennen. Er schimmerte ein bisschen im Licht der Sonnen, die ihn umgaben und sah nicht gerade einladend aus.

Ich schoss mit meiner schon gewohnt hohen Geschwindigkeit direkt in ihn hinein. Die Zusammenstöße hielten sich am Anfang noch in Grenzen, doch dann krachte ich mit immer mehr Teilchen zusammen und blieb quasi stecken. Ich verlor vollkommen meine gerichtete Bewegung und begann mich wieder mal diffusionsartig fortzubewegen. Ihr erinnert euch: Ein kleines Stück in eine Richtung fliegen, dann mit einem Teilchen zusammenstoßen, in eine andere Richtung fliegen, auf den nächsten Zusammenstoß warten und so weiter und so weiter. Schade eigentlich, denn ich hatte mich so an die hohe, gerichtete Reisegeschwindigkeit gewöhnt. So würde es sehr lange dauern, diesen riesigen Nebel zu erkunden. Zum Glück verfügte ich wie immer über genügend Zeit.

Hier prallte man in regelmäßigen Abständen mit anderen Teilchen zusammen und tauschte etwas Impuls und Energie aus, auch wenn man nur wenig davon anzubieten hatte. Es fühlte sich ein bisschen so an wie früher in meiner Sonne, doch die Zeit zwischen zwei Zusammenstößen war im Vergleich zu damals eine kleine Ewigkeit und die Zusammenstöße auch völlig harmlos. Sie wurden alle von meiner Elektronenhülle abgefangen.

Zu meinem großen Entsetzen waren die meisten Teilchen, mit denen ich zusammenstieß, Wasserstoffs und sie verhielten sich so, wie ich sie von früher kannte: Klein, arrogant und frech. Wie immer dachten sie, etwas Besseres zu sein und beschwerten sich bei jedem Zusammenstoß.

Mit meinen Kohlenstoff-Kumpel versuchte ich ein paar anderen schweren Atomen das Wasserstoffschubsen beizubringen. Doch der Nebel war viel zu dünn und das Spiel kam dadurch nie richtig in Gang. Also blieb mir wiedermal nichts anderes übrig, als die Wasserstoffs zu ignorieren.

Ich nahm mir Zeit und nutzte die Diffusion, um den Nebel kennenzulernen. Neben den Wasserstoffs gab es viele andere Elemente, die allerdings nur in sehr geringen Konzentrationen vorkamen. Die meisten dieser Elemente hatte ich zuvor noch nie gesehen. Ich stieß auf sehr große Atome, viel größer und schwerer als ich es bin. Bei den niedrigen Diffusionsgeschwindigkeiten konnte man sich gut unterhalten. Ich pflegte ein wenig die Konversation und knüpfte Kontakte. Dabei lernte ich ein paar sehr alte Heliumatome kennen.

Die Heliumatome, die ich von meiner Sonne kannte, waren alle sehr jung und auch Kinder meiner Sonne. Alte Heliumatome gab es damals nicht. Vielleicht hatte sie das nuklearen Feuer schon erfasst, bevor ich das Licht der Welt erblickte.

Doch hier gab es alte Heliumatome und was sie erzählten, hörte sich wirklich interessant an. Auch sie berichteten vom großen Knall. Vieles was uns die Wasserstoffs erzählt hatten, entsprach anscheinend der Wahrheit. Nur bei einer Sache hatten die Wasserstoffstinker gelogen. Nach dem großen Knall gab es nicht nur Wasserstoffs, sondern auch jede Menge Helium- und sogar ein paar Lithiumatome. Das hatten uns die Aufschneider verschwiegen, weil sie sich wichtigmachen wollten. Wiedermal wurde klar, dass man ihnen nicht vertrauen konnte.

Die meisten anderen Atome waren wie ich in irgendwelchen Sonnen entstanden und wir besaßen damit ein ähnliches Schicksal. Die größeren Atome hatten ihren Ursprung in Sonnenexplosionen oder sie kamen aus riesigen Sonnen, die weit größer waren als meine damalige. Anscheinend gab es im Universum jede Menge von ihnen, in denen das nukleare Feuer noch viel heißer und heftiger brannte, als ich das kannte. Dabei wurden die großen Atome produziert und noch dazu eine unvorstellbar Menge an Energie freigesetzt. Der Preis dafür war, dass die großen Sonnen viel schneller abbrannten als die kleinen. Am Schluss mussten letztlich alle explodieren und reicherten so das Universum mit großen Atomen an.

Einige Atome hatten diesen Zyklus schon mehrfach durchlaufen. Sie waren durch einen nuklearen Prozess entstanden und wurden am Ende durch eine Supernova in den Weltraum geschleudert. Bei der Entstehung der nächsten Sonne kamen sie wieder dazu, um erneut den Lebenszyklus eines solchen Sterns zu durchlaufen. Wenn die Atome groß genug waren bzw. die Sonne, in der sie sich dann befanden, klein genug, mussten sie das nukleare Feuer nicht fürchten. Es war schlichtweg nicht heiß genug, dem nuklearen Feuer zum Opfer zu fallen und in ein schwereres Teilchen verwandelt zu werden. Sie konnten sich unbeschwert amüsieren und im heißen Plasma baden.

Kein Atom hatte es je geschafft, sich auf eine Sonne fallen zu lassen. Offensichtlich eine irrsinnige Idee, die nicht funktionierte. Einem einzelnen Atom war es nicht vergönnt, eine Sonne zu erreichen. Dafür blies der Sonnenwind viel zu stark. Da musste man sich schon mit ein paar anderen Teilchen zusammentun, die Gravitation der Sonne nutzen und als Meteorit auf die Sonne fallen. Woher hätte ich das wissen sollen?

Alle Atome liebten die Sonnen, auch wenn die Gefahr bestand, in ihnen zu verbrennen. Nur dort gab es Energie im Überfluss. Die Planeten hingegen waren kalt und langweilig, weil hier einfach nichts abging. Sonnenklar, dass man sich vor ihnen und vor allen anderen Gesteinsbrocken in achtnehmen musste. Sie konnten bei uns Atomen eine richtige Gleichgültigkeit auslösen, die die anderen Atome in der Wolke NASA nannten: „Niederenergie Apathie sonnenferner Aufenthaltsorte". Vor diesem apathischen Zustand fürchteten sich alle.

Außerdem gab es im Nebel viele Moleküle. Sie bestanden aus zwei oder mehreren Atomen, die sich mit Hilfe ihrer Elektronen festhielten. Das war richtig cool und absolut neu für mich. Sie hatten keine kugelförmige Gestalt wie die Atome, sondern bildeten hantelförmige Gebilde oder kleine Ketten, die manchmal auch einen Knick aufwiesen. Die meisten Sauerstoffatome und auch die Wasserstoffs traten paarweise auf, indem sich jeweils zwei aneinander klammerten.

Stieß ein Teilchen diese Hanteln oder Ketten an, begannen sie sich zu drehen, sie rotierten oder vollführten lustige Schwingungen. Wenn sie dazu keine Lust mehr verspürten, erzeugten sie ein Photon, das die Energie mitnahm und davon trug. Sie selbst hörten dann auf, sich zu drehen oder stoppten ihre Schwingungen. Es blitzte kurz auf und danach hatte sich das Molekül beruhigt.

Es ging aber auch anders herum: Wenn ein Photon ankam, wurde es von den Hanteln oder Ketten absorbiert, also eingefangen und versetzte das Molekül in Rotation oder Schwingungen.

Ich selbst prallte eines Tages mit einem einzelnen Sauerstoffatom zusammen. Es hieß ‚Mona'. Die Begegnung war sehr sanft. Unsere Elektronen verfingen sich dabei und so blieben wir aneinander haften. Durch die Reaktion wurde ein klein wenig Energie frei, nichts Aufregendes.

Ich wusste gar nicht, dass meine Elektronen so gerne mit den Elektronen anderer Atome ihre Zustände teilten und so ging ich meine erste chemische Bindung ein. Genaugenommen handelte es sich um eine Atombindung. Das war cool, Mona und ich hingen locker zusammen. Bei der Atombindung spielt die Wechselwirkung der äußeren Elektronen die entscheidende Rolle. Man teilt sich mindestens ein Elektronenpaar, gibt dabei etwas Energie ab und das hält einen zusammen.

Die meisten Atome haben keine perfekte bzw. geschlossene Elektronenhülle, sondern ein Elektronenkleid, das ein paar Löcher aufweist. Bei der Atombindung geht es darum, diese Löcher mit den Elektronen des anderen Atoms so weit wie möglich zu stopfen. Das schafft Nähe und man kann den gemeinsamen Energiezustand etwas absenken. Dadurch entsteht eine gewisse Anziehungskraft oder, wenn ihr so wollt, das stärkt die Bindung.

Jeder streckte dem anderen drei Elektronen entgegen, die dann drei Paare bildeten und so entstand eine kleine Minihantel mit einer Dreifachbindung. Ich zog die Elektronen ein bisschen mehr zu mir und war dadurch etwas negativ geladen. Bei Mona fehlten die Elektronen und sie besaß ein bisschen mehr von der positiven Ladung. Die Hantel, die wir bildeten, hatte einen kleinen Dipol.

Mona war ein wunderbares Sauerstoffatom. Sie hatte bereits zwei Sonnen überdauert und auch Bekanntschaft mit einem Planeten gemacht. Auf mich strahlte sie viel Ruhe und Gelassenheit aus. Von ihr bekam ich die Gewissheit, dass auch ich irgendwann wieder auf bzw. in einer Sonne landen würde. Es war nur eine Frage der Zeit und die gab es im Überfluss. Die Details wollte sie mir nicht verraten, sie hatte aber keine Zweifel. Ich dachte mir nur: Joe, lass Dich überraschen.

Beide Sonnen und auch der Planet mit dem ganzen Sonnensystem, auf denen sich Mona befand, waren am Ende explodiert, als die Sonnen ihren Brennstoff aufgebraucht hatten. Dabei wurde Mona zurück in den Weltraum geschleudert und so die Materie dem Universum zurückgegeben. Viele Atome landeten bei solchen Explosionen wieder im Weltraum und versammelten sich in großen Nebeln. Fast alle teilten unser Schicksal. Die Nebel wurden immer dichter und mit schwereren Elementen angereichert.

Mona erzählte von ihren Sonnen, vom heißen Plasma und dem Treiben, das es offensichtlich in allen Sonnen gab. Sie warnte mich aber auch vor der NASA, vor den Planeten, die kalt und langweilig waren und die man unbedingt meiden musste. Auf einem solchen Planeten verging die Zeit nur sehr langsam und es schien eine Ewigkeit zu dauern, bis die Sonne des Planetensystems endlich explodierte und einem die Freiheit zurückgab.

Ich erzählte von meiner Sonne, von unseren wilden Festen im Plasma, vom Wasserstoffschubsen und von meinem Doppelsternsystem. Davon, wie meine Sonne ihren Brennstoff aufgebraucht hatte, aber nicht explodieren konnte, weil sie zu klein war. Wie unsere Sonne zu einem weißen Zwerg wurde, auskühlte und wir glaubten, dass unser Schicksal besiegelt sei. Und ich erklärte, wie wir unsere Sonne zum Explodieren brachten, indem wir die Nachbarsonne anzapften, Materie zu uns rüber saugten, um nicht in einem weißen Zwerg zu enden. Mona war begeistert, wie wir unser Schicksal gemeistert hatten und wollte alle Details erfahren.

Anscheinend war es völlig normal, dass die Sonnen nach einer gewissen Zeit ihren Geist aufgaben, explodierten und die Atome wieder in den Weltraum schleuderten. Eine Ausnahme bildeten die kleinen Sonnen, zu denen auch meine Sonne gehörte. Sie endeten in einem stabilen Zustand, wenn sie ihren Brennstoff aufgebraucht hatten. Die Atome blieben dann für immer in ihnen gefangen. Vor diesen Sonnen musste man sich auch in Acht nehmen.

Aber auch von den großen Sonnen gingen Gefahren aus. Für die leichten Elemente, zu denen Mona und ich nun mal gehörten, bestand die Gefahr, dem nuklearen Feuer zum Opfer zu fallen und in ein schwereres Teilchen umgewandelt zu werden.

Außerdem waren die Explosionen am Ende des Sternenlebens eine heikle Sache. Eine Supernova konnte für die Atome völlig unkontrolliert verlaufen. So sind die Neutronensterne, die manchmal entstanden, nichts anderes als Friedhöfe für Atome. Mona sagte, dass ich ganz schön Glück gehabt hätte, weil ich auch dem Neutronenstern entkommen konnte.

Mona war eine Meisterin im Umgang mit Photonen. Sie zeigte mir alle Tricks. Wir fingen von Zeit zu Zeit ein Photon ein, rotierten dann eine Weile um einander herum oder tanzten hin und her, bis wir das Photon wieder emittierten. Wir kannten alle Rotations- und Schwingungszustände unseres Moleküls und bewegten uns wie ein junges Tanzpaar, das auf dem atomaren Parkett durch einen riesigen Nebel glitt. Wir hatten viel Spaß und eine schöne Beziehung. Für Mona war es die perfekte Bindung, denn sie besaß ein geschlossenes Elektronenkleid, das allerdings etwas verzerrt aussah, weil ich die Elektronen zu sehr an mich zog. Ich hatte noch Platz für ein weiteres Elektron und damit quasi eine Hand frei, mit der ich ein zusätzliches Atom hätte festhalten können.

Ein Sonnensystem entsteht

Es verstrichen ein paar Tausend Jahre, Mona und ich nutzten gemeinsam die Diffusion und erkundeten den Nebel so gut wir konnten und soweit das möglich war. Von Zeit zu Zeit fingen wir ein Photon ein oder rotierten ein bisschen, weil wir mit anderen Teilchen zusammenstießen. Obwohl wir gefühlt unendlich viel Zeit miteinander verbrachten, konnten wir nur einen sehr kleinen Teil des Nebels erkunden.

Eines Tages sorgte eine Sonne in unserer Nähe für etwas Abwechslung indem sie explodierte. Sie befand sich nur ein paar Lichtjahre entfernt und der Blitz der Supernova schien heller zu leuchten, als alle anderen Objekte um uns herum zusammen. Wir wurden schon im Vorfeld von einigen Neutrinos informiert und wussten deshalb Bescheid. Wie immer trafen die Neutrinos als erste ein. Ein paar Stunden später folgte dann der Lichtblitz. Das Licht kam bei einer solchen Explosion immer später, weil es Zeit brauchte, bis die Explosion die Oberfläche der Sonne erreicht hatte. Erst dann konnten die Photonen durchstarten und den Neutrinos hinterherjagen.

Als die Supernova aufleuchtete, hatten wir das entsprechende Stück Weltraum schon im Visier und konnten das Ereignis wie ein Feuerwerk in vollen Zügen genießen. Es musste eine große Sonne gewesen sein. Die Explosion war bombastisch!

Die Supernova erzeugte einige gewaltige Druckwellen, die nach ein paar Tausend Jahren auch durch unseren Nebel hindurch liefen. Die Wellen drückten uns Teilchen periodisch näher zusammen. Bei jeder Wellenfront wurde es für einen Moment ein bisschen enger im Nebel. Man bewegte sich ein kleines Stück in Richtung der Wellenfront, erhöhte die Dichte der Teilchen an dieser Stelle und dann ging es zur Ausgangsposition zurück. Das war keine große Sache. Die meisten Teilchen bemerkten es gar nicht. Dennoch hatte es auf einige Teile des Nebels, riesige, wolkenartige Gebiete, eine bleibende Auswirkung.

In unserem Gebiet schaffte es die Gravitation, die von der Wolke selbst ausging, die Teilchen für immer etwas näher zusammen zu halten. Mona und ich befanden uns am Rand dieser Wolke. Ich schenkte diesem Vorfall zunächst keine Beachtung, stieß man doch nur ein wenig öfter mit den anderen Teichen zusammen, sonst blieb alles beim Alten. Doch Mona beschlich eine Vorahnung und sie wusste anscheinend schon, was jetzt geschehen würde.

Offenbar hatte die Dichte der Wolke einen kritischen Wert überschritten und die gute, alte Gravitation war nun stark genug geworden. Sie begann die Wolke sehr langsam aber unaufhörlich zu verdichteten.

Zunächst schien da nur ein langsames Schrumpfen zu sein, das niemand so richtig bemerkte. Doch dann fing die Wolke auch an sich leicht zu drehen und es wurde offensichtlich, dass sich etwas tat. Mona und ich befanden uns am Rand und wurden gerade noch von dieser Aktion erfasst. Da sich nicht alle Teile der Wolke auf das Zentrum zu bewegten, wurde die Drehung der Wolke immer stärker. Zuerst hielten wir uns auf der einen Seite der Wolke auf, dann, ein paar Hunderttausend Jahre später, auf der anderen Seite. Erstaunlich, was die Gravitation alles zustande brachte.

Im Zentrum der Wolke waren die Teilchen schon etwas weiter und begannen, sich zu dichter Materie zusammen zu ziehen. Es bildeten sich allmählich kleine Staub- und Eiskörner, aus denen mit der Zeit kleine Bröckchen wurden. Umso größer die Brocken wurden, desto mehr zogen sie weitere Teilchen an, so dass der Prozess, der unendlich langsam begonnen hatte, mit der Zeit immer schneller wurde.

Auch Mona und ich schlossen uns ein paar anderen Teilchen an. Es waren etwas mehr als es heute Menschen auf der Erde gibt. Wir bildeten zusammen ein winziges Staubkorn. Jetzt befand ich mich zum ersten Mal in einem Festkörper gefangen, wenngleich dieser auch nur winzige Ausmaße besaß. Zum Glück spürte ich Mona noch an meiner Seite. Wir beide hielten uns gegenseitig fest und dachten nicht daran, uns loszulassen. Mit den anderen wollten wir nichts zu tun haben, aber unsere Energie reichte nicht aus, um aus der Sache wieder raus zu kommen. So waren wir zwischen den anderen Atomen und Molekülen eingeklemmt und an Diffusion war nicht mehr zu denken. Die Angst vor der NASA packte uns.

Es gab erstaunlich viele Wasserstoffs, die sich meist zu zweit an ein Sauerstoffatom klammerten. Das blieb mir zum Glück erspart. Es beruhigte mich, Mona an meiner Seite zu haben.

Die Sauerstoff- und Wasserstoffatome bildeten ein Molekül, das ihr ‚Wasser‘ nennt. Durch die schreckliche Kälte war das Wasser gefroren. Die Wassermoleküle bildeten ein Gitter, einen Kristall, in den die anderen Moleküle sich einbetteten.

Das Gitter an sich stellte eine tolle Sache dar. Jedes Molekül bekam seinen festen Platz. Egal wohin der Blick auch fiel, man schaute immer auf eine Reihe, in der sich die Struktur des Gitters bis scheinbar ins Unendliche fortsetzte. Das stand im Widerspruch zur Unordnung, die ich bisher kannte.

Andere Moleküle, also zum Beispiel Mona und ich, die nicht zu den Wassermolekülen gehörten, störten diese Ordnung. Wir unterschieden uns vom Wasser in Größe und Form und passten deshalb nicht ins Gitter. Das schien aber nicht weiter schlimm zu sein. Das Gitter verformte sich um uns herum, doch diese Unregelmäßigkeiten störten niemanden.

Die Wolke verdichtete sich weiter und stärkte damit das Gravitationsfeld. Die Gravitation gewann mehr und mehr Einfluss und mir wurde immer klarer, wie das alles enden würde. Hier begann ein sich selbst verstärkender Prozess, die Wolke zu kollabieren. Alle strebten zum Zentrum.

Die leichte Drehung der Wolke und die damit verbundenen Zentrifugalkräfte hatten es geschafft, eine riesige Scheibe zu formen. Im Zentrum bildete sich eine kugelförmige Ansammlung von Materie, die sich mehr und mehr aufheizte und zu leuchten begann. Durch den Schleier, den das Zentrum umgab, konnte ich sehen, wie sich eine riesige Kugel formte, die hell leuchtete und den Rest der Scheibe in rotes Licht hüllte.

Gravitation ist eine wunderbare Sache. Bringt man ausreichend viel Materie auf einem Haufen zusammen, entsteht durch die Materie selbst ein Gravitationsfeld. Dieses hält alles zusammen und versucht es weiter zu verdichten.

Beim Zusammenziehen wurde Gravitationsenergie frei, die die Materie im Zentrum so stark aufheizte, dass sie zu glühen begann. Die Materiekugel saugte gierig weiteres Material an und wurde dadurch immer noch größer und noch heißer. Ich konnte es kaum erwarten, mich mit Mona in den Feuerball zu stürzen.

Als ich noch darüber nachdachte, tauchten plötzlich Neutrinos auf. Ein paar Tage später bestätigte sich dann meine Vermutung, denn es gab eine kleine Druckwelle, die vom Zentrum ausging und nach außen verlief. Im Innern der Kugel war die Temperatur offensichtlich so stark angestiegen, dass das nukleare Feuer gezündet hatte. Eine neue Sonne war geboren.

Es ist ein erhabener Moment, wenn eine Sonne zündet. Zunächst sind da wie immer die Neutrinos, die das Ereignis ankündigen. Dann, nach und nach, wird es heller, weil die Oberfläche der Sonne immer heißer wird. Die Energie braucht ein bisschen Zeit, bis sie die Oberfläche erreicht. Es flackert noch ein wenig, dann kommt das Ganze ins Gleichgewicht. Die Sonne gibt so viel Energie in den Weltraum ab, wie von ihrem Innern nachgeliefert wird. Sie beginnt kontinuierlich zu strahlen.

Beim Flackern der Sonne musste ich an die Wasserstoffs denken. Vielleicht wehrten sie sich noch gegen die nuklearen Prozesse und konnten sich nicht damit abfinden, in andere Elemente umgewandelt zu werden. Doch bald ließ ihr Widerstand nach und die Sonne begann gleichmäßig zu leuchten.

Die Entstehung der Sonne lief so ab, wie es die Wasserstoffs geschildert hatten. Nur bei einer Sache hatten sie zu dick aufgetragen: Nicht sie kamen auf die Idee, die Sonnen zu erschaffen und nicht sie brachten die Masse zusammen, so dass sie kollabierte. Es war der Zufall, der die Wolke entstehen ließ und letztlich dafür sorgte, dass die Gravitation stark genug wurde, die Wolke zu verdichten. Von diesem Moment übernahm die Gravitation die Führung, brachte die Sache als treibende Kraft zu Ende.

Nach dem Zünden des nuklearen Feuers fing auch bald der Sonnenwind an zu blasen. Er kam von der Sonne und sorgte dafür, dass vor allem die kleinen und leichten Atome weggeweht wurden. Die Wasserstoffs und viele Heliumatome, die noch auf dem Weg zur Sonne waren, wurden jetzt vom Sonnenwind erfasst und mitgerissen. Die leichten Atome wurden nach außen getrieben. Die schwereren Atome und Moleküle konnten dagegen dem Wind widerstehen und blieben mehr in der Nähe der Sonne.

Die Sonne beleuchtete jetzt die Umgebung und man konnte die weiteren Ereignisse besser beobachten. Um die Sonne gab es ein paar Strudel, große Wirbel, die auch Materie einsammelten und in deren Zentren ebenfalls kugelförmige Gebilde entstanden. Sie begannen zu glühen und wurden durch die Energie der herabstürzenden Materie weiter erhitzt. Hier entstanden die Vorläufer der späteren Planeten, die sich schon jetzt auf definierten Bahnen um die Sonne drehten.

Die Strudel hatten teilweise an ihren Rändern kleinere Wirbel in deren Innern sich wiederum Materie ansammelte. Aus denen sollten später die Monde entstehen. Nach und nach formierte sich ein ganzes Sonnensystem.

Auch unser Staubkorn war in der Zwischenzeit stark gewachsen und hatte fleißig Teilchen eingesammelt, die – wenn sie mit uns zusammenstießen – mit einigen von uns Bindungen eingingen oder einfach nur an uns kleben blieben. Das Wachstum wurde immer schneller. Manchmal stießen wir auch mit anderen Masseansammlungen zusammen und verdoppelten damit unsere Größe auf einen Schlag. Das ging so schnell, dass wir schon nach ein paar Hundert Jahren einen ordentlichen Brocken von einigen Metern Durchmesser gebildet hatten, der bei einer Kollision mit eurer Erde schon einen gewaltigen Schaden angerichtet hätte.

Auf den inneren vier Bahnen um die Sonne befanden sich eher kleine Planeten, die sich aus den schwereren Elementen gebildet hatten. Der Sonnenwind hatte ja die leichten Elemente davon geblasen.

Der innerste Planet war der kleinste. Weil seine Bahn so nahe bei der Sonne lag, besaß er die größte Umlaufgeschwindigkeit. Der nächste war etwas größer und kreiste auf der zweiten Bahn. Mona und ich befanden uns auf einem Planeten, der auf der dritten Bahn um die Sonne kreiste und wieder etwas kleiner war. Doch auf dieser Bahn liefen wir nicht allein. Ein weiterer Trabant hatte sich hier eingenistet und benutzte unsere Umlaufbahn.

Da die Umlaufgeschwindigkeit nicht von der Größe der Planeten, sondern von ihrer Entfernung zur Sonne abhing, besaßen beide Himmelskörper annähernd die gleiche Geschwindigkeit. Mona und ich flogen mit unserem Planeten dem anderen hinterher.

Auf der vierten Bahn kam noch ein weiterer Planet, der von seiner Masse her zwischen dem ersten und dem zweiten lag.

Weiter außen schloss sich ein Bereich an, der aus mehreren hundert Trümmer und Kleinplaneten bestand. Von denen hatte es wohl keiner geschafft, die anderen Trümmer einzusammeln. Sie bildeten eine Art Gürtel, der die inneren von den äußeren Planeten abtrennte.

Ganz außen lagen vier große Planeten. Die ersten zwei, auf Bahn fünf und sechs, waren riesige Kerle, die vor allem die leichten Wasserstoffteilchen einsammelten, die ihnen der Sonnenwind zu blies. Dennoch sahen sie im Vergleich zur Sonne eher klein aus.

Der Größte von ihnen wuchs beständig. Er heizte sich dabei sehr stark auf. Leider wurde er nicht groß genug, um das nukleare Feuer in seinem Innern zu zünden. Ich denke, dass da nicht viel gefehlt hat. Eine zweite Sonne in unserem Sonnensystem wäre sicher cool gewesen.

Der kleinere, der dennoch ein ordentliches Ausmaß besaß, wollte offensichtlich keine Monde und hatte sich für Ringe entschieden. Die letzten beiden Planeten waren zu weit außen, so dass man kaum etwas von ihnen mitbekam.

Die Musik spielte im Zentrum, wobei es sich eher um eine Lichtshow handelte. Auf der dritten Bahn sollte es aber noch zu einem dramatischen Ereignis kommen.

Der neue Heimatplanet

Mein Himmelskörper bestand, wie die anderen wahrscheinlich auch, aus glühender Materie. Diese war nicht fest, aber auch nicht gasförmig. Es handelte sich eher um eine zähe Masse aus flüssigem Gestein, die durch die Einschläge weiterer Brocken immer wieder aufgerissen und aufgeheizt wurde. Na ja, meine Begeisterung hielt sich in Grenzen. Hätte ich es mir aussuchen können, wäre ich lieber auf der Sonne gelandet. Wir fürchteten, dass die NASA früher oder später von uns Besitz ergreifen würde.

In diesem zähen Brei aus Materie konnte man leider die Ereignisse nicht immer selbst beobachten, weil nicht jeder einen Platz an der Oberfläche bekam. Schon wenige Atomschichten unter der Oberfläche konnte man nichts mehr sehen. Zum Glück funktionierten die Buschtrommeln sehr gut und die anderen Atome, die in den ersten Reihen saßen und das Geschehen beobachten konnten, informierten uns zeitnah. Die Teilchen an der Oberfläche hielten die anderen bei Laune, indem sie alle Neuigkeiten weitergaben.

Wir folgten offenbar auf der dritten Bahn dem anderen Planeten, der vor uns herflog. Eines Tages, und jetzt gab es auch wieder Tage, denn mein Planet drehte sich um seine Achse, während er um die Sonne kreiste. Die Sonne ging auf und unter, was uns ein besseres Zeitgefühl verschaffte.

Eines Tages also, gaben die Buschtrommeln bekannt, dass wir dem anderen Planeten langsam näher kamen. Vielleicht war unsere Bahn ein klein wenig näher an der Sonne, so dass wir etwas schneller flogen. Vielleicht lag es auch an der Gravitation der beiden Planeten, die dafür sorgte, dass wir uns annäherten.

Was für eine Aufregung. Was würde passieren, wenn wir mit dem anderen Planeten zusammenprallten?

Ich musste an meine frühere Begleitsonne im Doppelsternsystem denken, die damals nach der Supernova davongeflogen war. Seit dieser Zeit waren einige Hundertmillionen Jahre vergangen. Hatte sie ein Ziel gefunden? Und wenn ja, wo und mit was war sie kollidiert? Oder war ihre Zeit vorher abgelaufen und sie hatte ihr Dasein ebenfalls mit einer Explosion beendet?

Ich hoffte auf jeden Fall, dass mein Planet den Konkurrenten einholen würde. Das versprach etwas Abwechslung. Sicher, die Planeten besaßen nicht viel Masse und die Explosion würde sich in Grenzen halten. Doch vielleicht ließ sich mit der freiwerdenden Energie etwas anfangen. In diesem zähflüssigen Magma zu stecken machte nicht viel Spaß.

Vielleicht würde die Energie des Zusammenstoßes auch ausreichen, beide Planeten explodieren zu lassen. Und mit etwas Glück könnte man sich zur Sonne hin absetzen und dorthin kommen, wo wirklich etwas abging.

Es folgte eine langwierige, langweilige Verfolgungsjagd. Beide Planeten sammelten fleißig Trümmer, um weiter zu wachsen und sich scheinbar für den Zusammenstoß zu wappnen. Das Gravitationsfeld der beiden Planeten war stark genug, die Bewegung des jeweils anderen zu beeinflussen und so holten wir langsam auf und kamen dem anderen Planeten immer näher. Nach ein paar tausend Jahren stand der Zusammenstoß endlich kurz bevor.

Wir stürzten uns auf den Rivalen, der uns die Umlaufbahn streitig machte. Unser Planet, der kleinere von beiden, kam von hinten angeschlichen. Von einem Überraschungseffekt konnte aber nach tausend Jahren Aufholjagd nicht mehr die Rede sein. Obwohl es von der anderen Seite keinerlei Gegenwehr gab, trafen wir nicht genau ins Schwarze sondern streiften den anderen Planeten nur.

Es war bei Leibe kein Volltreffer! Wie konnte diese Ungenauigkeit nach tausend Jahren passieren? War die Gravitation nicht im Stande, uns frontal zusammenprallen zu lassen, so dass es zu einer ordentlichen Explosion kam? Oder lag es an den elliptischen Bahnen, auf denen die beiden Planeten um die Sonne kreisten? Wie auch immer: Ich hatte eigentlich mehr erwartet.

Dennoch verlief die Explosion nicht uninteressant. Plötzlich ging alles sehr schnell. Schon bevor es zu einem ersten Kontakt kam, verformten sich die beiden Himmelskörper. Durch das gemeinsame Gravitationsfeld wurden aus den bisher kugelförmigen Masseansammlungen eierförmige Tropfen, die Sekunden später zusammenstießen. Es gab eine gewaltige Explosion, die alles durcheinander brachte.

Na ja, es handelte sich nicht um eine Supernova, doch es hat ganz schön gekracht. Es war das Beste, was ich die letzten 1000 Millionen Jahre erleben durfte. Alle fanden es so beeindruckend, dass wir uns den Ablauf des Zusammenstoßes noch tagelang gegenseitig erzählten. Die Gefahr der NASA war erst mal gebannt.

Die Kollision heizte uns ordentlich ein, doch von den Temperaturen in einer Sonne waren wir noch weit entfernt. Durch den Zusammenprall und die enorme Menge an freiwerdender Energie zerbrachen die beiden Planeten in tausend Stücke oder besser gesagt, es entstanden riesige Tropfen aus flüssigem Gestein. Die Materie der beiden Planeten wurde richtig durchgemischt und dabei stark erhitzt. Einige Stücke rissen ab und wurden in den Weltraum geschleudert. Weil wir den anderen Planeten nicht frontal erwischt hatten, entstand erst mal ein Wirbel aus den Trümmern und Gesteinstropfen. Die Gravitation musste sich ganz schön Mühe geben, das Chaos zusammen zu halten.

Als der Spuk nach wenigen Minuten endete, gab es im Zentrum einen neuen Planeten, der sich schnell zu einer Kugel formte. Die Gravitation ließ auch diesmal keine andere Form zu.

Aus den Trümmern, die abgesprengt wurden, bildete sich zunächst ein Gürtel aus Gesteinsbrocken, der sich um den Planeten drehte. Einige Trümmer vereinigten sich und bildeten nach nur hundert Jahren einen Mond, der dann um den neuen Planeten kreiste. Der Mond sammelte rasch die letzten Brocken ein. Schon nach knapp Zehntausend Jahren war alles wie leergefegt.

Ein paar Trümmer fielen auch auf den neuen Planeten, der sich im Zentrum drehte und nun den dritten Planeten im Sonnensystem bildete. Ihr könnt euch sicher schon denken, dass es sich bei diesem Planeten um eure Erde handelte, die vom neu entstandenen Mond umkreist wurde. Beide kreisten natürlich weiterhin um die Sonne.

Die Rotationsachse der Erde war zur Bahn um die Sonne etwas geneigt, so dass die Sonne im Laufe eines Jahres abwechselnd die nördliche und die südliche Halbkugel der Erde mit etwas mehr Energie versorgte, was später zu den Jahreszeiten führen sollte.

Mona und ich wurden bei der Explosion schmerzlicher Weise auseinandergerissen. Das letzte was ich von ihr hörte klang wie „mach's gut und danke für die Zeit". Wir hatten viele Millionen Jahre miteinander verbracht und der Abschied fiel mir verständlicherweise schwer. Ich konnte ihr leider nicht mehr „Lebe wohl" sagen. Sie hatte eines ihrer Elektronen bei mir gelassen, das mir aber später von einem Wasserstoff entrissen wurde.

Ich befand mich auf der neuen Erde. Die Explosion war ganz nett gewesen, doch leider nicht stark genug, um die beiden Planeten zu zerstäuben und mich zur Sonne zu katapultieren. Mona musste auch irgendwo hier sein, ich wusste aber nicht, wo ich suchen sollte. Die Verhältnisse hatten sich kaum geändert. Auch die Erde war ein riesiger Tropfen aus glühender, zähflüssiger Materie und obwohl sie vom neuen Mond abgeschirmt wurde, schlugen dauernd jede Menge weitere Gesteinsbrocken ein. Es folgte ein großes Bombardement aus Meteoriten, das ein wenig Energie lieferte und verhinderte, dass sich die Erdoberfläche zu schnell abkühlte und sich eine Erdkruste bilden konnte. Auch der Mond blieb davon nicht verschont. Die meisten Mondkrater, die ihr heute sehen könnt, stammen aus dieser Zeit.

Nach ein paar Millionen Jahren ließ der Beschuss allmählich nach. Offensichtlich hatten die Planeten um ihre Umlaufbahnen herum alles aufgeräumt und die kleineren Himmelskörper eingesammelt. Es folgten ruhige Jahrmillionen, in denen eigentlich nicht viel geschah. Die Erde kühlte langsam ab. Alle paar tausend Jahre gab es noch einen größeren Einschlag eines Meteoriten, aber sonst tat sich nicht wirklich viel. Es herrschte die totale Langeweile und die NASA machte sich breit.

Die Erde bestand aus den verschiedensten Elementen. Am häufigsten traf man auf Sauerstoffatome. Es existierten so viele von ihnen, dass ich die Hoffnung, Mona je wiederzusehen, aufgeben musste. Neben dem Sauerstoff gab es viel Eisen und Silizium.

Im heißen Magma bildeten sich zwei Fraktionen. Einmal die Eisen-Freunde und dann die Silikat-Jünger. Die Eisenanhänger sammelten sich und bildeten Tropfen, die im flüssigen Magma langsam absanken, weil sie etwas schwerer waren. Sie formten im Inneren der Erde einen Kern aus Eisen, Nickel und anderen Eisengenossen.

Die Silikatschmelze aus leichteren Elementen wurde nach oben gedrückt und bildete einen breiten Erdmantel. Hier tummelten sich auch die meisten Sauerstoffatome.

Die Erdoberfläche war noch flüssig. Es dauerte noch lange, bis sich dort allmählich eine Erdkruste bildete. Ich gesellte mich natürlich zu den leichten Elementen und kam so zur Oberfläche. Dort begegnete man erstaunlich wenig Wasserstoffs und auch meine Kohlenstoff-Kumpel befanden sich eindeutig in der Minderheit.

An der Oberfläche wollte ich mit ein paar anderen Kohlenstoff-Freunden Wasserstoffschubsen spielen, doch das konnte man vergessen. Das Magma, in dem wir uns rumtrieben, war viel zu zäh. Ich hatte auch meine Elektronen vergessen. Die Wasserstoffs ließen sich überhaupt nicht schubsen, sondern klammerten sich im Gegenteil an mir fest. Eh ich mich versah, hatte sich ein Wasserstoff an mich rangeschmissen und füllte mit seinem Elektron – es besaß nur eines davon – eine meiner Elektronenlücken. Als ich mich noch wehrte, kam schon das zweite und dann das dritte und dann auch noch ein viertes Wasserstoffatom angeschlichen. Alle hängen sich an mich dran. So wurde ich von vier Wasserstoffs von allen Seiten eingehüllt und sah aus wie ein kleiner Tetra-Pack. Sie bildeten mit mir ein Molekül, das wie eine kleine Pyramide aussah. So ein Mist! Ausgerechnet vier Wasserstoffs, die mich belagerten.

Wir wurden an die Oberfläche gedrückt und konnten das Magma verlassen. Dort begannen gerade einige unternehmungslustige Moleküle die erste Atmosphäre der jungen Erde zu bilden. Wir gesellten uns dazu. Dass mich vier Wasserstoffatome umhüllten sollte kein Einzelschicksal sein. Vielen anderen Kohlenstoff-Kumpel erging es genauso. Auch sie waren in einer kleinen Wasserstoffpyramide gefangen und bildeten mit den Wasserstoffs Methangas.

In der Atmosphäre fand man auch Stickstoffatome, die immer paarweise umher flogen. Und es gab größere Mengen von Wassermolekülen. Zusammen bildeten wir ein heißes Gas, in dem der Sauerstoff noch nicht vorhanden war.

Durch die Hitze bewegten wir uns in der Atmosphäre mit einer ordentlichen Geschwindigkeit. Wieder einmal nutzten wir die Diffusion, um die Erdoberfläche zu erkunden. Im Zufallsmodus umtanzten wir die junge Erde. Leider konnte ich nicht so gut sehen, weil die vier Wasserstoffs mir die Sicht versperrten und mir auch sonst gewaltig auf die Nerven gingen.

Die Atmosphäre war noch dünn, trotzdem gab es weit mehr Kollisionen mit anderen Gasteilchen als damals in der großen Wolke, aus der das Sonnensystem entstanden war. Die Erdoberfläche bot – flach und eintönig – so gut wie keine Abwechslung. An den meisten Stellen glühte die Oberfläche und es dampften irgendwelche Gasmoleküle aus dem Magma heraus, die sich uns anschlossen und die Dichte der Atmosphäre erhöhten.

Die Erdoberfläche kühlte langsam ab und begann mehr und mehr fest zu werden. Dennoch bewegte sie sich beständig, weil sie vom Mond durchgeknetet wurde. Er machte aus der Erde eine Art Baseball. Eine Beule zeigte zum Mond, weil die Materie vom Mond angezogen wurde. Die andere Beule, auf der anderen Seite der Erde, zeigte vom Mond weg. Keine Ahnung, was die zweite Beule sollte.

Weil die Erde rotierte und auch der Mond sich um die Erde drehte, wanderten die Beulen am Äquator entlang um die Erde, so wie die Flutwellen der Meere das heute immer noch tun. Das gleiche geschah wahrscheinlich auch auf dem Mond. Beide Planeten wurden vom Gravitationsfeld des jeweils anderen verformt und durchgeknetet. Das kostete eine Menge Energie, die der Rotation und dem Tanz der beiden Planeten entzogen wurde.

Die Eigendrehung der beiden Trabanten verlangsamte sich, was zur Folge hatte, dass auf der Erde die Tage und Nächte länger wurden. Der Mond verzögerte seine eigene Rotation sogar so sehr, dass er sich schließlich um die Erde genauso schnell drehte, wie um sich selbst. Von da an konnte man von der Erde aus nur noch die eine Seite des Mondes sehen, weil die andere sich immer geschickt wegdrehte. Keiner wusste, was von da an hinter dem Mond passierte.

Im flüssigen Innern der Erde muss es wohl durch die Rotation und die Abbremsvorgänge zu irgendwelchen großen Magmaströmungen gekommen sein, denn eines Tages bildete sich um die Erde ein Magnetfeld. Dessen Feldlinien traten an einem der Pole aus der Erde aus und verschwanden am gegenüberliegenden Pol wieder in der Erde. Das Magnetfeld wuchs und war irgendwann so stark, dass es die elektrischen Teilchen und damit den Sonnenwind, der auf die Erde wehte, ablenken konnte. Der Wind wurde durch das Magnetfeld um die Erde herumgeführt. An den Polen, dort wo die Feldlinien in die Erde eintraten, kam es vor, dass der Sonnenwind dennoch in die Atmosphäre eindrang. Die elektrischen Teilchen rieben sich dann an den Teilchen der jungen Atmosphäre und brachten diese zum Leuchten. Es entstanden die ersten Polarlichter.

Es war ganz gut, dass das Magnetfeld den Sonnenwind ablenkte, denn dadurch wurde es in der Atmosphäre etwas ruhiger. Der Wind bestand zum großen Teil aus energiereichen Wasserstoffs und die gingen mir und meinen Kohlenstoff-Kumpel sowieso auf die Nerven.

Eiskometen liefern das Wasser

Eines Tages stürzte ein Eiskomet von nicht unbedeutender Größe auf die Erde. Man konnte den Einschlag auf der ganze Erde spüren. Als er durch die Atmosphäre jagte, erzeugte er einen langen Kondensstreifen, der weithin zu sehen war. Da er zum größten Teil aus Eis bestand, brachte er eine erhebliche Menge Wasser mit sich, das größtenteils in der Atmosphäre freigesetzt wurde und den Schweif bildete. Doch er beinhaltete auch andere Elemente. Nach dem Einschlag traf ich erstaunlich viele Atome, die behaupteten, mit dem Kometen auf die Erde gekommen zu sein.

Diese Atome erzählten, dass sie aus der äußeren Region des Sonnensystems gekommen waren. Dort hatte sich nach dessen Entstehung eine Art Wolke gebildet, die das Sonnensystem umgab. Ursprünglich befanden sich die Objekte der Wolke auch näher bei der Sonne. Als die Planeten begannen, das Sonnensystem aufzuräumen, gab es im Wesentlichen zwei Prozesse:

Entweder wurde das Objekt von dem jeweiligen Planeten eingefangen. Dann prallte es mit ihm zusammen und wurde geschluckt.

Oder das Objekt wurde von einem Planeten angezogen, fiel auf ihn herunter, verfehlte ihn jedoch, flog an ihm vorbei und wurde weggeschleudert. So leisteten die äußeren Planeten bei ihrer Aufräumaktion ganze Arbeit und beförderten diese Objekte aus dem inneren Sonnensystem nach außen. Auch hier kam das Prinzip Planetenschleuder zum Einsatz, das auch schon meine erste Annäherung an eine Sonne verhindert hatte. Anscheinend war das Prinzip Planetenschleuder im Universum weit verbreitet.

Allerdings konnten diese Objekte das Sonnensystem nicht verlassen. Sie wurden einfach in einer Wolke um das Sonnensystem herum geparkt. Die Wolke drehte sich sehr langsam um die Sonne und beinhaltete jede Menge von diesen Kometen.

Von Zeit zu Zeit, wenn es im Gravitationsfeld des Sonnensystems zu Unregelmäßigkeiten kam, passierte es dann. Ein Komet wurde ausgeparkt. Das Gravitationsfeld war eine komplizierte Sache und wurde nicht nur durch die Sonne erzeugt. Alle Materie im Sonnensystem trug dazu bei, sogar ich leistete einen, wenn auch bescheidenen Beitrag.

Das Gravitationsfeld änderte sich laufend durch die Bewegung der verschiedenen Himmelskörper und wenn alle Planeten in einer Reihe standen, konnte es vorkommen, dass dadurch ein Komet aus dem Gleichgewicht kam, ausgeparkt wurde und langsam auf die Sonne zusteuerte. Das geschah nicht oft und wenn doch, passierte meist gar nichts. Es gab einfach einen weiteren Kometen, der in einer langen Ellipse um die Sonne kreiste.

Es war reiner Zufall, dass der Eiskomet die Erde traf. Zufällig folgten vier weitere Kometen, die ebenfalls fast nur aus Eis bestanden. Es rumpelte und zischte jedes Mal gewaltig und das gefrorene Wasser verwandelte sich in Wasserdampf. Die Kometen sprengten die Erdkruste auf und ich wurde in meiner kleinen Wasserstoffzelle jedes Mal ordentlich durchgeschüttelt, wenn mich der Wasserdampf erreichte. Das Gas erhitzte sich. Wir erhöhten dadurch unsere Fluggeschwindigkeit und stießen öfter mit den anderen Gasteilchen zusammen. Wie in einer Sauna, wenn nach dem Aufguss die Hitzewelle auf einen zukommt.

Abgesehen von solchen gewaltigen Ereignissen wurde es in der Atmosphäre immer kühler. Irgendwann unterschritt die Temperatur den Siedepunkt des Wassers und es begann zu regnen. Zuerst fielen nur wenige Tropfen vom Himmel, die sich wieder in Dampf verwandelten, wenn sie der Erdoberfläche zu nahe kamen. Doch es regnete sich ein und ein gewaltiger Dauerregen folgte, der 40.000 Jahre anhielt.

Irgendwann war es kühl genug und das Wasser blieb auf der Erdoberfläche liegen. Es bildeten sich riesengroße Wasserpfützen und Seen. Flüsse füllten allmählich einen gigantischen Ozean.

Das Licht, das von der Sonne kam, enthielt energiereiche ultraviolette Strahlung. Sie war zwar nicht besonders stark, doch sie konnte die Moleküle, die sich in der Atmosphäre befanden, zerbrechen. Die UV-Strahlung traf auch auf mich und meine 4 Wasserstoffs. Unser Molekül zerbrach. So konnte ich die Wasserstoffs endlich wieder los werden und flog befreit allein durch die Atmosphäre.

Allerdings dauerte es nicht sehr lange, bis ich mit zwei Sauerstoffatomen zusammenstieß und ein Kohlendioxidmolekül bildete. Die Sauerstoffatome, die sich bei unserem Zusammenstoß innig umarmten, ließen sich sofort los und nahmen mich unaufgefordert in ihre Mitte. Ich traute der Sache nicht so recht.

Auch andere Moleküle wurden massenhaft von der UV-Strahlung zerbrochen und so liefen in der Atmosphäre viele chemische Prozesse ab. Methan und Wasser wurden aufgespalten und in ihre Bestandteile zerlegt. Viele Wasserstoffs nutzen die Gelegenheit und verließen damals die Erde. Das gelang ihnen, weil sie leicht und schnell genug waren, die Gravitation auszutricksen. Ich trauerte ihnen keine Sekunde nach.

Eines Tages stießen meine zwei Sauerstoffatome und ich mit einem riesigen Regentropfen zusammen, der sich gerade von der Gravitation nach unten ziehen ließ. Wir prallten aber nicht ab, sondern wurden von diesem feuchten Monster einfach geschluckt. Das war meine erste Begegnung mit flüssigem Wasser und ich empfand sie als sehr angenehm. Meine zwei Sauerstoffatome und ich fühlten uns im Wasser sofort wohl.

Wir ließen uns von den Wassermolekülen einbetten. Sie umgaben uns und bildeten eine Art Hülle, die uns schmeichelte und scheinbar schützte. Offensichtlich konnten sich die Wassermoleküle gut an Kohlendioxidmoleküle anschmiegen, weil die beiden gut zusammen passten.

Im Wasser zu schwimmen empfanden wir sehr anregend. Mir gefiel dieser Aggregatszustand außergewöhnlich gut. Der flüssige Zustand ist viel sanfter als der gasförmige. Wasser ist auf atomarer Ebene wie ein zähflüssiges Gel. Man steht dauernd in Kontakt zu den anderen Teilchen, stößt aber nicht so hart mit ihnen zusammen. Wie in Trance gleitet man dahin, kann sich frei bewegen und ist nicht gebunden wie im Festkörper. Ich konnte das nicht ganz verstehen, denn der größte Teil des Wassers bestand aus den Wasserstoffs. Mit denen hatte ich ja bekanntermaßen meine Probleme.

Wir wurden vom Regen mitgerissen und landeten in einer der großen Pfützen. Wir schlossen uns den Wassermolekülen an und halfen mit, den Ozean zu füllen. Dabei kam es immer wieder vor, dass ein Wassermolekül mit uns reagierte. Mich umgaben dann plötzlich drei Sauerstoffatome. Ein Sauerstoffatom hielt ich mit zwei Armen und die anderen zwei Sauerstoffatome mit jeweils einem Arm fest. Ganz außen, an den zwei Sauerstoffatomen, hingen noch zwei Wasserstoffatome. Zum Glück waren die weit genug weg und ich musste keine meiner Elektronen mit ihnen teilen. Das ganze hielt aber meist nicht lange und wir trennten uns wieder. Dabei kam es vor, dass eines meiner Sauerstoffatome ausgetauscht wurde, was für eine gewisse Abwechslung sorgte.

Inzwischen hatte sich die Temperatur auf der Erde weiter abgesenkt und es formten sich in der Atmosphäre in den höheren Schichten große, weiße Gebilde, die einfach in der Luft schwebten. Es waren die ersten Wolken, aus denen es dann Jahrhunderte lang herabregnete.

In den Wolken herrschte eine besonders hohe Luftfeuchtigkeit. Es bildeten sich kleine Wassertröpfchen und auch Eiskristalle, die das Sonnenlicht streuten und den Wolken ihre weiße Farbe gaben.

Als wir zum ersten Mal in so ein weißes Gebilde eintauchten, waren meine zwei Sauerstoffatome und ich bereits in einem Wassertropfen gefangen. In der Wolke gab es starke Aufwinde, die unser Tröpfchen erfassten und wie in einem Aufzug nach oben mitnahmen. Dabei wuchs unser Wassertröpfchen kontinuierlich, weil sich immer mehr Wassermoleküle zu uns gesellten. Mit zunehmender Höhe wurde es immer kälter und plötzlich, von einem Moment zum anderen, erstarrte unser Wassertropfen zu Eis. Der Kristall wuchs weiter zu einem Graupelteilchen, da mehr und mehr Wassermoleküle direkt an ihm festfroren. Irgendwann wurde es dann aber zu schwer. Der Aufwind reichte nicht mehr aus, um das Teilchen nach oben zu blasen. Die Gravitation gewann die Oberhand und zog uns nach unten. Zusammen mit vielen anderen Graupelteilchen fielen wir vorbei an leichten Eiskristallen, die der Aufwind uns entgegenwehte. Immer wenn ein Kristall an uns vorbeischrammte, gab er einige seiner Elektronen an uns ab, so dass sich unser Graupelteilchen negativ auflud.

Die positiv geladenen, leichten Eiskristalle flogen mit dem Aufwind nach oben und die negativ geladenen, schweren Eisteilchen fielen aufgrund der Schwerkraft nach unten. Die Wolke lud sich mehr und mehr elektrisch auf. Der untere Teil war negativ und der obere Teil der Wolke war positiv geladen. Das ganze endete in einer elektrischen Entladung, bei der ein gewaltiger Blitz den Ladungsunterschied wieder ausglich.

Die Elektronen suchten sich einen gemeinsamen Kanal und schossen von dem Teil der Wolke, der zu viele Elektronen hatte, zu einem anderen Teil, bei dem die Elektronen fehlten. Dabei wurde so viel Energie frei, dass der Kanal sich stark erhitzte, sich explosionsartig ein kleines Stück ausdehnte und für einen kurzen Moment hell aufleuchtete. Es blitzte und das kurze Ausdehnen des Kanals erzeugte einen Knall, den Donner.

Moleküle, die dabei im Weg standen, waren alle futsch. Das beunruhigte aber keinen. Tatsächlich war es eine elegante Art, sich von vier Wasserstoffs zu trennen, wenn sie nervten. Man musste nur das Glück haben, im richtigen Moment im Kanal zu sein. Das gelang nur selten, weil die Sache nicht vorhersehbar war.

Es gab jetzt auch Wetter und aus eurer Sicht sicher kein gutes. Kräftige Winde trieben die elektrisch geladenen Wolken weiter auseinander und es kam dauernd zu elektrischen Entladungen. Jede Menge Blitze leuchteten in den Wolken, schlugen aber auch von den Wolken direkt in die Erde oder ins Wasser. Es blitzte und donnerte, was das Zeug hielt.

Durch die Blitze und auch durch die UV-Strahlung wurden viele Moleküle gespalten oder einzelne Atome abgetrennt. Es bildeten sich sehr reaktionsfreudige Radikale. Chemisch gesehen war also einiges los. Viele Atome, die durch diese Prozesse ein Elektron, also quasi eine Hand frei hatten, schnappten sich schnell ein anderes Atom. Es herrschte ein wilder Partnertausch, bei dem man viele gleichgesinnte Leute kennenlernte.

Die Party konnte man jedoch mit den Orgien in der Sonne nicht vergleichen. Dafür war es viel zu kalt und es fehlte die Energie zum wilden Tanzen. Es glich eher eine Cocktailparty, bei der viele Leute aufeinander trafen, kleine Gruppen bildeten und gute Diskussionen führten. Die chemischen Bindungen sorgten dafür, dass die Gespräche länger dauerten.

Die Kohlendioxidmoleküle pendelten zwischen zwei Welten. Im Wasser tummelte man sich zwischen den Wassermolekülen und in ein paar Metern Tiefe blieb es immer ruhig. In dieser Traumwelt konnte man entspannen und sich von den Wassermolekülen umschmeicheln lassen. Ich fühlte mich wie in einem Spa-Bereich. Doch nach kurzer Zeit wurde es mir hier langweilig.

An der Wasseroberfläche hingegen pfiffen die Stürme über den Ozean und türmten große Wellen auf. Mit etwas Glück konnte man hier das Wasser verlassen, mit ein paar Wassermolekülen verdunsten und in die Atmosphäre aufsteigen. Dann bewegte ich mich wieder mit den Winden, war dem Wetter, der UV-Strahlung und den Blitzen direkt ausgesetzt. Eifrig wechselte ich die Partner, wurde irgendwann vom Regen gepackt und mitgerissen, um letztlich wieder im Ozean zu landen, wo ich alle vier Bindungselektronen grade sein ließ. Das war der erste Kohlenstoffkreislauf, nicht sehr spektakulär, dennoch durchaus erwähnenswert.

Die Erdkruste härtete zunehmend aus und bedeckte das heiße Magma. Die Landmassen bestanden aus großen Platten, die auf dem Magma schwammen, so wie Eis, das auf einem See schwimmt. Die Landmassen waren nicht in Ruhe, sondern wurden von den gewaltigen Magmaströmungen im Innern der Erde verschoben. An den Rändern der Platten, dort wo sie gegeneinander drückten, staute sich das Gestein und es begannen sich Berge aufzutürmen. Dort wo die Platten auseinanderdrifteten gab es Erdspalten, aus denen das Magma hervorquoll. Sie schlossen sich nur langsam. Viele dieser Stellen lagen tief im Ozean und heizten das Wasser kräftig auf.

Was die Meteoriten anging, wurde es erstaunlich ruhig. Nur noch alle paar Tausend Jahre gab es einen Meteoriteneinschlag von größerem Ausmaß.

Zwischen den Regenschauern, die manchmal ein paar Hundert Jahre dauern konnten, kam hin und wieder die Sonne hervor. Diese hatte ihr Wasserstoffbrennen in den Griff bekommen und fing nun an, ordentlich und vor allem sehr konstant Energie zu liefern.

Wenn die Sonne am Horizont aufging, erschien sie klein und unscheinbar. Meist machte sie auf mich eher einen kühlen Eindruck, doch ich wusste was in ihrem Innern abging, welche wilden Orgien dort gefeiert wurden. Im Vergleich dazu war der Partnertausch in der Atmosphäre ein lasches Kaffeekränzchen.

Eigenartige Atome

Das Wetter blieb stürmisch, es regnete unentwegt und Unwetter tobten über den Planeten. Es blitzte und donnerte und die Stürme wühlten in den Meeren. An der Wasseroberfläche türmten sich riesige Wellen und die Grenze zwischen Wasser und Atmosphäre stellte oft einen fließenden Übergang dar. Die vielen elektrischen Entladungen durch die Blitze sorgten auch im Wasser für eine prickelnde, aufgeladene Stimmung, die zusätzlich durch radioaktive Prozesse weiter angeheizt wurde.

Es gab viele Atome die nicht sehr stabil waren, weil irgendetwas mit ihren Kernen nicht stimmte. Ein solcher Kern kann in jedem Moment zerfallen und dabei etwas Energie abgeben. Dafür ist die schwache Wechselwirkung zuständig. Man weiß nie genau, wann sich ein Atomkern dazu entschließt, das zu tun. Von 100 radioaktiven Atomkernen zerfällt die eine Hälfte, also 50 Kerne, in einer bestimmten Zeit, der Halbwertszeit. Die anderen 50 Kerne bleiben während dieser Zeit stabil. Lässt man die Halbwertszeit erneut verstreichen, zerfällt wieder die Hälfte der Kerne, dieses Mal sind es aber nur 25! Das ist wirklich eigenartig und es geht so weiter, bis nur noch ein Atomkern übrig bleibt. Der kann entweder sofort zerfallen oder erst dann, wenn die Halbwertszeit erneut verstrichen ist.

Wenn sich ein radioaktiver Atomkern in einem Molekül neben dir befindet, hast du keine Ahnung, wann er zerfällt. Das Schema mit der Halbwertszeit hilft dir bei einem einzelnen Kern überhaupt nicht weiter. Er kann sofort zerfallen oder erst in ein paar tausend Jahren. Das macht die Sache enorm spannend und völlig unberechenbar.

Es gab Atome, die uns Kohlenstoffatomen sehr ähnlich sahen. Nach außen gaben sie sich wie Kohlenstoff, ihre Kerne trugen die gleiche Ladung und sie wiesen die gleiche Anzahl von Elektronen auf. Doch ihre Kerne waren ein bisschen größer, denn sie beinhalteten mehr Neutronen.

Die meisten Kohlenstoff-Kumpel besaßen im Kern sechs Protonen und sechs Neutronen, so wie ich. Dann gab es noch ein paar Kumpel, die ein Neutron zu viel hatten, was weiter nicht störte. Sie waren nur etwas übergewichtig, aber sonst ganz normal und vor allem stabil.

Eigenartig erschienen mir die Kohlenstoff-Kumpel, deren Kerne zwei Neutronen zu viel aufwiesen, also aus sechs Protonen und acht Neutronen bestanden. Sie litten unter einer gespaltenen Persönlichkeit und konnten sich jeder Zeit in ein Stickstoffatom umwandeln.

Plötzlich schlug die schwache Wechselwirkung zu und verwandelte ein Neutron in ein Proton. Vielleicht besaßen sie einfach zu viele Neutronen in ihrem Kern. Aus dem Atom, das sich zuvor wie Kohlenstoff benahm, wurde ein Stickstoffatom.

Solche Vorgänge sorgten in Molekülen oft für ein großes Durcheinander. Stickstoff hat andere chemische Eigenschaften. Beim Zerfall kamen aus dem Kern ein Elektron und ein Neutrino. Genaugenommen war es ein Antineutrino. Beide konnten den Kern verlassen, weil die starke Kraft auf sie keinen Einfluss hatte. Das Elektron brachte etwas Energie mit, pfiff durch das Wasser und die elektrischen Entladungen sorgten für etwas Stimmung. Das Neutrino macht sich wie immer ohne Aufsehen aus dem Staub. Das Molekül war danach natürlich futsch, weil es zerbrach oder plötzlich ein Teil von ihm fehlte.

Große Moleküle machen sich breit

Auf der Erde wurde es immer kühler. Die Temperatur kam in einen Bereich, der für größere Moleküle interessant wurde. Wenn es zu heiß ist, gehen die großen Moleküle durch die thermische Bewegung leicht kaputt, sie zerbrechen und können nicht lange bestehen. Wenn es hingegen zu kalt ist, können große Moleküle erst gar nicht entstehen, weil bestimmte chemische Reaktionen einfach nicht ablaufen.

Doch jetzt herrschten für die großen Moleküle die besten Bedingungen. Die Temperatur stimmte und die geladene Stimmung unter den Atomen stellte die Energie für die Entstehung neuer Moleküle bereit, solche, die es bisher noch nicht gegeben hatte. Auch die vielen Radikale leisteten dabei einen wichtigen Beitrag.

Das ganze geschah natürlich im Wasser. Dort fühlten sich die großen Moleküle sehr wohl. Es sah so aus, als ob das Wasser für sie wie geschaffen war. Nun ja, kein Wunder, auch mir gefiel es im Wasser sehr gut.

Wasser ist im richtigen Temperaturbereich flüssig, in dem auch große Moleküle stabil sind. Durch die kleinen Dipole, die die Wasserteilchen nun mal haben, werden die großen Atomverbindungen sanft eingehüllt und umschmeichelt. Das gilt nicht nur für die großen, sondern auch für die kleinen Moleküle und ebenso für viele Atome, die als Bausteine für die großen Moleküle gebraucht werden. Die relevanten, chemischen Reaktionen laufen im Wasser sehr gut ab. Die dabei entstehende Wärme kann gut abfließen. Es wird nie zu warm, aber auch nie zu kalt. Und das wichtigste: Wasser absorbiert die für die großen Moleküle so tödliche ultraviolette Strahlung, die immer noch von der Sonne direkt auf die Oberfläche der Erde prasselte. Die UV Strahlung besaß genügend Energie um die großen Atomverbindungen in der Mitte durchzuschießen, sie zu zerbrechen.

Der Schutz des Wassers bestand darin, dass viele Wassermoleküle an der Oberfläche einfach kaputt geschossen wurden und damit die UV Strahlung absorbierten. Die Strahlung konnte so nicht sehr tief ins Wasser eindringen. Die Bruchstücke oder Radikale, die dabei entstanden, reagierten oft miteinander und es bildete sich molekularer Wasserstoff und Sauerstoff. Beide Gase entwichen in die Atmosphäre. Dort half der Sauerstoff auch die UV Strahlung zu bekämpfen und es entstand Ozon. Doch dazu später mehr.

Die vielen chemischen Reaktionen, die unter diesen Bedingungen abliefen, brachten viele neue Moleküle hervor, die es zuvor noch nicht gegeben hatte. Meine Kohlenstoff-Kumpel und ich waren fast immer mit von der Partie und dabei sehr kreativ. Kohlenstoff ist nicht besonders wählerisch, was die Bindung zu anderen Atomen angeht. Wir haben keine Vorlieben und gehen mit fast allen anderen Atomen Bindungen ein.

Was wir besonders gut zustande bringen, sind Bindungen untereinander. Jedes Kohlenstoffatom verfügt praktisch über vier kleine Arme, mit denen es andere Kohlenstoffatome festhalten kann. Dadurch entstehen lange Ketten, verzweigte Gebilde oder sogar Ringe, an die sich weitere Atome anhängen. Das ergibt oft große Gebilde und führt zu einer unvorstellbar großen Vielfalt an Molekülen auf Kohlenstoffbasis.

An den freien Armen lagerten sich meist aufdringliche Wasserstoffatome an, was mir natürlich nicht gefiel. Die Wasserstoffs verhielten sich wie Zecken. Man wurde sie einfach nicht los. Mir blieb nichts anderes übrig, als mich mit den kleinen Kerlen zu arrangieren. Chemisch gesehen passten wir einfach gut zusammen und so entstand eine neue Basis für eine zukünftige Koexistenz. Ich versuchte, mit den Wasserstoffs Frieden zu schließen.

Weitere Atome, die gerne mitmischten und sich an die Kohlenstoffketten banden, waren Sauerstoff-, Stickstoff- und auch Schwefelatome. Sie bildeten an den Enden oder manchmal auch zwischen drin, eine kleine Gruppe von Atomen, die bestimmte Funktionen übernahm. Diese konnte die Eigenschaften des Moleküls dramatisch verändern.

Eine Kette aus Kohlenstoff- und Wasserstoffatomen, die zunächst nicht viel Aktivität zeigte, änderte vollständig ihre Eigenschaften, wenn sich eine bestimmte funktionale Gruppe an ein Ende anlagerte. Aus einem trägen Molekül, das apathisch und teilnahmslos im Wasser schwamm, wurde so ein wilder Partylöwe, der an den chemischen Ereignissen und Prozessen größtes Interesse zeigte und weitere Verbindungen einging. Dafür reichte manchmal nur ein einziges Atom, das sich an die Kette hängte.

Diese funktionalen Gruppen konnten Energie abspeichern, indem sie weitere Atome dazu nahmen oder abgaben. Sie beeinflussten auch ihre Umgebung und veränderten andere Moleküle, denen sie begegneten. Als Kohlenstoff war man meist nur der Beobachter. Mit etwas Glück hielt man sich in der Nähe der funktionalen Gruppe auf und konnte das Geschehen gut verfolgen. Hier entstand eine Vielfalt, die ungeahnte Möglichkeiten versprach. Das begeisterte mich und meine Kohlenstoff-Kumpel so sehr, dass wir eine Zeit lang ganz versessen darauf waren, neue Moleküle entstehen zu lassen.

Die einfacheren Moleküle – Alkohol, Zucker oder Fette – konnten wir ganz allein mit den Wasserstoffs und ein paar Sauerstoffatomen bauen. Die funktionalen Gruppen übernahmen die Sauerstoffatome. Als die Renner unter den Molekülen galten die Aminosäuren, die plötzlich in großer Zahl vorkamen. Sie bestanden aus Kohlenwasserstoff-Ketten, an denen mindestens zwei funktionale Gruppen hingen. Eine Gruppe beinhaltete ein Stickstoff- und die andere Gruppe zwei Sauerstoffatome. Die Aminosäuren lagerten sich wiederum zusammen und formten größere Gebilde, die ihr Proteine oder Eiweiße nennt.

Plötzlich schafften es die größeren Moleküle, sich selbst zu reproduzieren. Ihre Anzahl nahm immer schneller zu. Keine Ahnung, wie sie das zustande brachten, denn dazu mussten sie gleich zwei Dinge beherrschen: Die Fähigkeit, den Bauplan für das Molekül abzuspeichern und die Fähigkeit das Molekül zu reproduzieren. Es blieb mir ein Rätsel, was sich davon zuerst entwickelte. Das war für mich das erste Henne-Ei-Problem. Ich hatte keine Ahnung, wer oder was die Entstehung dieser beiden Fähigkeiten koordinierte. Die Funktion, das Molekül zu replizieren, war etwas anderes, als die Information der Baupläne irgendwo abzuspeichern. Doch beide Dinge waren alleine für sich nichts wert und mussten exakt aufeinander abgestimmt sein. Beim Replizieren musste der Bauplan irgendwie ausgelesen werden. Leider habe ich nicht mitbekommen, wie das alles entstanden ist. Wahrscheinlich trieb ich mich zu dieser Zeit wiedermal mit zwei Sauerstoffatomen in der Atmosphäre herum.

Einige Kohlenstoff-Kumpel erzählten von hydrothermalen Schloten, heißen Quellen auf dem Grund der Ozeane.

Das austretende Wasser enthielt die nötigen Elemente und die Sedimentschichten mit ihren wiederkehrenden Strukturen könnten die ersten Kopiervorlagen geliefert haben.

Andere erzählten von Pfützen, in denen sich bestimmte Elemente tummelten. Es muss ein besonderer Mix gewesen sein, denn hier soll sich eine Art Ursuppe gebildet haben, die von den einschlagenden Blitzen mit Energie versorgt wurde. Die Bausteine der Moleküle hätten sich an Kristalloberflächen angelagert und konnten so die ersten großen Moleküle bilden. Später sollen sie dann auch noch selbst das Reproduzieren gelernt haben.

Dann gab es noch Kohlenstoff-Kumpel, die behaupteten, dass die Moleküle mit den Kometen gekommen seien, als diese das Wasser auf die Erde brachten. Auf die zwingende Frage, wie die Moleküle außerhalb der Erde entstanden waren, hatten sie aber keine Antwort.

Sicher ist, dass damals auf der Erde für die großen Moleküle sehr gute Bedingungen herrschten. Neben meinen Kohlenstoff-Kumpel und mir mischten – wie gesagt – die Elemente Sauerstoff, Stickstoff, Schwefel und auch Phosphor immer mit. Und natürlich die Wasserstoffs. Die Moleküle wurden mit der Zeit immer komplexer und größer. Die chemischen Reaktionen und vor allem die funktionalen Gruppen waren schon eine coole Sache.

Trotzdem nahm ich mir immer wieder eine Auszeit. Dann bevorzugte ich die Bindung mit zwei Sauerstoffatomen, mit denen ich durch die Atmosphäre diffundieren konnte. Wir ließen uns von den Winden treiben oder genossen die Geborgenheit des Wassers, ganz der Leichtigkeit des einfachen Kohlenstoffzykluses folgend.

Das Leben

Eines Tages kam es zu einer Art Durchbruch was die großen Moleküle anging und die Sache nahm ihren Lauf. Ich lernte das Leben in einer Pfütze kennen. An diesem Tag regnete es leicht. Wie üblich, flog ich mit zwei Sauerstoffatomen in der Atmosphäre umher. Wir wurden von einem Wassertropfen eingefangen, der durch die Schwerkraft zu Boden fiel und landeten, wie unzählige Male zuvor, in einer Pfütze.

Die aus eurer Sicht vielleicht nicht gerade einladende Wasserlache hatte einen grünbraunen Glanz und war eine Brühe aus salzigem Wasser, in der sich jede Menge großer Moleküle breit und auch lang machten. Ich muss nicht erwähnen, dass nahezu alle Moleküle auf Kohlenstoff basierten und interessante Ketten bildeten. Der Kohlenstoff dominierte. Es war meine Welt und ich fühlte mich sofort wie zu Hause.

In der Pfütze gab es große Gebilde, die wie Tropfen innerhalb des Wassers aussahen. Sie wurden von einer dünnen Hülle aus sehr langen in sich verschlungenen Molekülketten umschlossen, die das ganze zusammenhielt. Es kostete einigen Aufwand, in ein solches Gebilde einzudringen. Nach ein paar hartnäckigen Versuchen gaben die Molekülketten nach und ließen meine zwei Sauerstoffatome und mich gewähren. Die Hülle war zäh, doch für kleine Moleküle wie wir, durchlässig. Jetzt befanden wir uns innerhalb einer der ersten Zellen, die sich das Leben ausgedacht hatte.

Für mich sah die Zelle sehr groß aus, so wie für euch vielleicht ein kleines Dorf mit seinen vielen Einwohnern.

Die Zelle bestand weitgehend aus Wasser, doch die Konzentration an großen Molekülen in ihrem Innern erwies sich als viel größer, als außerhalb. Außerdem gab es sehr große Moleküle, die einen langen Strang oder Faden bildeten. Der Strang bestand aus Nukleinsäuren, die sich wie die Sprossen einer Leiter aneinander reihten. Wie immer waren es die Kohlenstoffatome, die das Ganze zusammenhielten. Ohne uns ging gar nichts.

Der Strang wurde permanent von anderen dicken, kugelförmigen Molekülen abgetastet. Offensichtlich waren über die Sequenz der Nukleinsäuren im Strang Informationen codiert, die die dicken Moleküle auslasen, indem sie wie Perlen auf einer Schnur den Strang entlang glitten und dabei neue Atomstränge oder auch nur kleine Verbindungen produzierten. In der Zelle liefen kontinuierlich Prozesse ab, die neue Moleküle erzeugten, oder Informationen aus den langen Molekülsträngen kopierten und damit verdoppelten. Alles wirkte total durchorganisiert. So etwas hatte ich noch nie gesehen.

Ich bevorzugte das Chaos, das große Durcheinander, indem alles auf Zufall basierte und sich die Unordnung ständig vergrößerte. Doch hier war es wie in einem Uhrwerk, das das Leben aufgezogen hatte und das nun gnadenlos ablief. Unglaublich viele Atome bekamen in den Molekülen einen Platz zugeteilt und arbeiteten zusammen. Als einzelnes Atom konnte man das unmöglich überblicken. Die Zelle war eine chemische Fabrik, in der ständig kontrollierte, chemische Prozesse abliefen und alles auf einer Ordnung basierte. Kaum zu glauben, für mich war es schon schwierig mich mit den zwei Sauerstoffatomen, mit denen ich als Kohlendioxid unterwegs war, zu einigen.

Im Zentrum der Zelle war gerade ein dickes Molekül dabei, einen besonders langen Molekülstrang zu kopieren. Als es den Vorgang beendet hatte, wurden die beiden Stränge wie durch Geisterhand auseinandergezogen. Die Zelle begann sich einzuschnüren und bildete eine Trennwand, so dass jeder der beiden Stränge jetzt seine eigene Zelle besaß. Dann trennten sich die beiden Gebilde.

Die Zelle hatte sich verdoppelt oder besser gesagt, sie hatte sich geteilt. Ich blieb mit meinen zwei Sauerstoffatomen in der einen Hälfte zurück und hörte nicht auf zu staunen. Das war cool und völlig neu für mich.

Die Zelle war ein abgeschlossenes System und in ihr liefen Prozesse ab, die einem bestimmten Zweck dienten und nicht nur zufällige chemische Reaktionen waren. Es wurde Energie verbraucht, um diese Dinge ablaufen zu lassen. Die Zelle besaß damit einen Stoffwechsel. Die Informationen, die sie dafür benötigte, waren in langen Molekülfäden abgespeichert. Mittels der dicken Moleküle konnte jeder Zeit auf diese Informationen zugegriffen werden. Das wundersame Ding konnte sich vermehren und ihr Knowhow weitergeben. Die Zelle lebte. Ich hatte das Leben gesehen und das Zusammenspiel der Moleküle faszinierte mich.

Bisher kannte ich nur das Universum. Es war unvorstellbar groß und vielseitig, es gab einige physikalische Gesetze und viele seiner Abläufe konnte man vorhersehen. Doch alle Ereignisse, speziell auf der atomaren Ebene, unterlagen dem Zufall. Wir Teilchen hatten unseren Willen. Ich zum Beispiel wollte zurück in eine Sonne. Doch es ergab sich keine Möglichkeit, diesen Willen umzusetzen. Letztlich fügte sich die Materie im Universum den Gesetzen der Physik und dem Zufall. Mein ganzes Dasein basierte auf Zufällen.

Das schien beim Leben anders zu sein. Schon die Tatsache, dass hier kontrolliert Prozesse abliefen, deutete darauf hin, dass sich die Lebewesen nicht bereit erklärten, den Zufall zu akzeptieren. Sie nutzten gezielt die wenige Energie, über die sie verfügten, und sie konnten Informationen speichern und weitergeben. Es sah ganz danach aus, als ob sie ihren Willen durchsetzen wollten – und auch konnten. Was hier im Kleinen entstand, war eine neue Welt und sie basierte auf Kohlenstoff! Wer hätte das gedacht? Ohne mich und meine Kohlenstoff-Kumpel lief dabei gar nichts. Wir stellten die Bausteine, mit denen das Leben experimentierte.

Die ersten Zellen konnten natürlich nur im Wasser entstehen. Das war das ideale Medium, in dem sich die Lebewesen tummeln und vor der UV-Strahlung verstecken konnten. Hier durfte das Leben im Stillen experimentieren und seinen großen Auftritt vorbereiten. Doch so weit war es noch lange nicht. Das sollte nur der Anfang sein und es würde noch einige Hundert Millionen Jahre dauern, bis die Lebewesen ihren Willen durchsetzen oder sich gar aus dem Wasser trauen konnten.

Jetzt waren wir an der Reihe. Die Zelle hatte meine beiden Sauerstoffatome und mich ins Visier genommen und wollte uns in irgendeinen Prozess einbeziehen. Völlig überrascht ließen wir es willenlos über uns ergehen. Doch plötzlich platzte die Zelle, meine beiden Sauerstoffatome und ich wurden hinausgeschleudert. Wir verdampften und kamen zurück in die Atmosphäre.

Offensichtlich hatte die Sonne zugeschlagen und die Pfütze ausgetrocknet. Das Leben konnte nichts dagegen tun. Auf solche Gefahren war es noch nicht vorbereitet. Die Zelle hatte das nicht überlebt und war geplatzt.

Naja, so stabil schien die Sache dann doch noch nicht zu sein. Ich befand mich wieder in meiner alten Welt und gab dem Leben noch ein paar Millionen Jahre Zeit, die Dinge in den Griff zu bekommen.

Eine Frage beschäftigte mich allerdings weiter. Woher kam die Energie für die Abläufe in den Zellen? Wie funktionierte der Stoffwechsel? Die Zellen kamen zwar mit vergleichbar wenig Energie zurecht, dennoch waren sie ganz ohne Energie aufgeschmissen.

In den nächsten Jahrtausenden fand ich heraus, wie die Zellen das bewerkstelligten. Die ersten Zellen produzierten bei der Energieerzeugung viel Methan, das letztlich in der Atmosphäre landete. Ich durchlief den Prozess viele Male und muss sagen, dass ich es als nicht sehr angenehm empfand. Zusammen mit meinen Sauerstoffatomen wurde ich von der Zelle absorbiert, dann von den Sauerstoffatomen getrennt und an vier Wasserstoffs gekettet. Mit denen hatte ich zwar meinen Frieden geschlossen, doch ganz allein, als einzelnes Kohlenstoffatom in einem Wasserstofftetrapack, dafür fehlte mir noch immer jede Begeisterung. Anschließend wurde man ins Wasser entlassen und gelangte von da aus in die Atmosphäre.

Zum Glück gab es hier noch die UV-Strahlung, die die chemischen Prozesse ankurbelte, so dass ich die vier Wasserstoffs auch wieder loswurde. Am liebsten war mir die Bindung zu zwei Sauerstoffatomen. Das gestaltete sich allerdings oft schwierig, weil es zu dieser Zeit nur wenig Sauerstoff in der Atmosphäre gab. Als Kohlendioxid landete man dann irgendwann wieder im Wasser und der Kreislauf begann von neuem.

Manchmal wurde ich auch in die Zelle eingebaut und konnte das Treiben in ihrem Innern so lange beobachten, bis die Zelle kaputt ging. Die Lebewesen waren noch nicht sehr stabil und kollabierten bei jeder geringsten Störung. Dazu musste es nur etwas zu heiß oder zu kalt werden oder die Pfütze, in der die Zelle schwamm, trocknete einfach aus.

Dann hatte das Leben eine gute Idee. Es erfand die Photosynthese und zapfte damit endlich die mächtigste Energiequelle der ganzen Umgebung an, die Sonne. Das hätte ich schon viel früher gemacht, doch mich hatte ja keiner gefragt.

Es waren die Cyanobakterien, die dieses Kunststück fertigbrachten. Sie schrieben damit das nächste wichtige Kapitel in der Geschichte des Lebens.

Die Idee fand ich genial einfach. Die pfiffigen Kerlchen benutzten Sonnenlicht und Wasser, was beides reichlich vorhanden war. Mit Hilfe des Sonnenlichts trennten sie den Wasserstoff vom Sauerstoff. Die Wasserstoffs stellten die Energiequelle und der Sauerstoff wurde als Abfallprodukt ins Wasser abgegeben. Gut, bei genauerem Hinsehen lief es schon etwas komplizierter ab, doch die Details spielen keine Rolle.

Es handelte sich um die beste Idee, die das Leben bis dahin hatte und deshalb beschloss es, sich erst mal auszuruhen. Das Leben war mit sich selbst so zufrieden, dass es 1000 Millionen Jahre dauerte, bis es wieder etwas neues ausprobierte. Zeit spielte offensichtlich keine Rolle.

Die Cyanos hingegen nutzten die Zeit, vermehrten sich fleißig und produzierten dabei jede Menge Sauerstoff. Lebewesen, die ihr nicht mal mit dem bloßen Auge erkennen könnt, begannen die Erde grundlegend umzukrempeln.

Das lag am freigesetzten Sauerstoff. Zuerst oxidierte er alle möglichen Stoffe, die im Wasser vorhanden waren. Nachdem es im Wasser nichts mehr zu oxidieren gab, gelangte er in die Atmosphäre. Die freigesetzten Sauerstoffatome reagierten auch hier mit vielen Stoffen, vor allem mit den Eisenatomen, von denen einige herumlagen. Eine wesentliche Anreicherung von Sauerstoff in der Atmosphäre fand zunächst nicht statt. Erst nachdem das Eisen weitgehend verrostet war, begann sich der Sauerstoff in der Atmosphäre breit zu machen. Seine Konzentration erreichte einen signifikanten Anteil.

Auch das Kohlendioxid, das es, bis die Bakterien auf der Bildfläche erschienen, reichlich in der Atmosphäre gab, fiel den Cyanobakterien zum Opfer. Innerhalb von 400 Millionen Jahren leistete das Leben ganze Arbeit und verbrauchte den größten Teil des Kohlendioxids aus der Atmosphäre. Er wurde durch die Bakterien in Biomasse umgewandelt.

Wenn die Bakterien nicht aufpassten, sanken sie mit den Kohlenstoff-Kumpel zum Meeresgrund, blieben dort einfach liegen und bildeten Sedimente, die weitgehend aus Bakterienschlamm bestanden. Einige Kohlendioxidmoleküle vereinigten sich im Wasser auch mit Kalzium und bildeten Moleküle, die im Wasser nicht mehr löslich waren. Das Wasser wollte sie nicht umgeben, umschmeicheln, so wie es das mit dem Kohlendioxid tat. Die Moleküle wurden vom Wasser regelrecht abgestoßen, bildeten zusammen kleine Klümpchen und sanken dann ebenfalls zum Meeresgrund. Das führte am Boden des Ozeans zu großen Lagerstätten, die sehr viel Kohlenstoff enthielten. Zum Glück blieb mir dieses Schicksal erspart, sonst wäre diese Geschichte wahrscheinlich wieder mal zu Ende. Aus den Tiefen der Meere wurden die meisten bis heute nicht mehr befreit.

Das Kohlendioxyd war weitgehend verschwunden und viele Kohlenstoff-Kumpel lagen auf dem Meeresgrund. Die Zellen hingegen entwickelten sich weiter. Sie wurden widerstandsfähiger. Neue Bakterien und Algen entstanden und alle benutzen das Sonnenlicht als Energiequelle. Mehr und mehr Sauerstoffatome wurden freigesetzt.

Lagerstätten für den Kohlenstoff

Auf der Erdoberfläche hatte sich das Wasser vom Land getrennt und es gab einen riesigen Kontinent, den ein noch größerer Ozean umgab. Der Kontinent schwamm in Form einer riesigen Platte auf einer Seite der Erde, die andere Seite war von Wasser bedeckt, wenn man bei einer Kugel überhaupt von zwei Seiten sprechen kann.

Im Wasser tummelte sich das Leben, auf dem Kontinent blieb es diesbezüglich noch ruhig. Dafür sorgte vor allem die UV-Strahlung, die jedem einen gefährlichen Sonnenbrand verpasste, der sich aus dem Wasser traute.

Der Kontinent, der später Rodinia heißen sollte, war knochentrocken. Die Wolken schafften es einfach nicht, das Innere des Kontinents zu erreichen. Auch aus diesem Grund mied das Leben das Land und konzentrierte sich auf das nasse Element. Der Urkontinent war schlicht zu heiß und trocken, sowie mit jeder Menge Rost bedeckt.

Unter Wasser experimentierte das Leben mit festen Stoffen und erfand für manche Wesen kleine Gehäuse, Schalen, in denen sie sich zurückziehen und wohlfühlen konnten. Ich hatte keine Ahnung für was die Schalen sein sollten. Vielleicht gab es tatsächlich einen guten Grund, vielleicht war es auch nur eine fixe Idee, die einige hatten und andere dann kopierten. Immer wenn ein Lebewesen etwas besaß, wollten es scheinbar die anderen auch. Daran hat sich bis heute nicht viel geändert.

Ich selbst wurde von einem solchen Lebewesen eingefangen und in sein winziges Gehäuse eingebaut. Es bestand aus Kalk, einer Verbindung aus Kalzium, Sauerstoff und

Kohlenstoff. Nach ein paar Jahren starb das Viech und sein Gehäuse schwebte in einem Zickzackkurs hinab zum Meeresgrund. Dort lagen schon unzählige andere Gehäuse rum und wir legten uns einfach dazu. Weitere Schalen, die auf uns langsam herabregneten, und Schlamm aus Kalk und Sedimenten deckten uns zu. Der Druck einer Kilometer hohen Wassersäule und der Schichten, die über uns lagerten, presste langsam das Porenwasser aus den winzigen Zwischenräumen und sorgte dafür, dass die Partikel verklebten und zusammengekittet wurden. Aus uns entstand langsam eine steinartige Masse, die ihr Kreidefelsen nennt. Das geschah natürlich nicht über Nacht, sondern dauerte ein paar hunderttausend Jahre.

Dieser Prozess sorgte im Laufe der nächsten Millionen Jahre dafür, dass wieder einmal riesige Mengen von Kohlenstoff aus dem Verkehr gezogen wurden und so nicht mehr in der Atmosphäre vorhanden waren. Der Kohlendioxidgehalt der Atmosphäre sank weiter ab und Kohlenstoff wurde weiter in Kalkstein eingelagert.

Das hatte auch Auswirkungen auf die Erde. Um das zu erklären, muss ich etwas ausholen und erzählen, was das Kohlendioxid so treibt, wenn es in der Atmosphäre unterwegs ist.

Wenn ich mich vom Wind treiben ließ und mit den anderen Teilchen in der Luft Ping-Pong übte, war das Spiel mit den Photonen eine willkommene Abwechslung. Dabei gibt es zwei Spielarten zu unterscheiden. Man kann das Licht streuen, die Lichtstrahlen also in eine andere Richtung lenken oder ein Lichtteilchen einfangen, es absorbieren.

Die Lichtstreuung funktioniert umso besser, je mehr Energie die Photonen transportieren. Im Klartext: Das blaue Licht ist einfacher zu streuen, als das rote Licht. Aus diesem Grund ist der Himmel auch blau. Alle Moleküle in der Atmosphäre streuen hauptsächlich das blaue Licht. Das rote Licht lassen sie einfach durch. Schaut man sich den Himmel an, ist das blaue Licht zu sehen, das von allen umgelenkt bzw. gestreut wird. Schaut man sich hingegen einen Sonnenuntergang an, so erscheint die Sonne rot, weil das blaue Licht von den Luftmolekülen auf dem langen Weg durch die Atmosphäre abgelenkt wird und hauptsächlich das rote Licht beim Beobachter ankommt.

Neben Blau und Rot gibt es am Himmel auch ein paar weiße Stellen, die Wolken. Doch hier kommt eine weitere Art der Lichtstreuung zum Einsatz. In den Wolken wird das Licht durch die kleinen Wassertröpfchen gestreut, die viel größer als die Moleküle sind. Die Lichtstreuung funktioniert für so große Teilchen völlig anders und die Farbe des Lichts spielt bei dieser Art der Streuung keine Rolle, alle Photonen werden gleich gestreut. Dadurch erscheinen die Wolken weiß und haben keine Farbe. So viel zur Lichtstreuung.

Bei der Absorption, und das ist die zweite Spielart, wird das Licht einfach aufgenommen, eben absorbiert. Das absorbierende Molekül nimmt die Energie auf und kommt dadurch in einen angeregten Zustand. Ich habe euch bereits davon erzählt, dass Moleküle mit Hilfe von Schwingungen Energie abspeichern können. Das funktioniert aber nur, wenn die Energie des Lichts einem Schwingungszustand des Moleküls entspricht.

Das sichtbare Licht der Sonne wird von den Molekülen der Atmosphäre kaum absorbiert. Die Atmosphäre ist durchlässig und die Strahlen können ungehindert bis zur Erdoberfläche durchkommen, wenn keine Wolken da sind.

Bei der von der Erde abgestrahlten Wärme ist es anders.

Die Wellenlänge dieser Strahlung ist viel größer und kann die Moleküle, die einen elektrischen Dipol besitzen, zum Schwingen bringen. Irgendein Atom zieht die Elektronen ein wenig näher an sich heran und schon hat das Molekül einen Dipol und ist anfällig für langwellige Photonen. Der Dipol ist wie eine Kurbel, an der das Photon drehen und den Atomverband in Schwingungen versetzen kann.

Meist haben Moleküle mit einem kleinen Knick einen Dipol. Das Wasser ist ein gutes Beispiel dafür. Tatsächlich gehört der Wasserdampf zu den wichtigsten Gasen, die das Spiel der Lichtstreuung beherrschen. Allerdings lässt der Dampf bei bestimmten Wellenlängen die Strahlung einfach durch. Hier kommen meine Kohlenstoff-Kumpel und ich ins Spiel. Obwohl wir nur in geringer Konzentration in der Atmosphäre vorkommen, kann Kohlendioxid und auch Methan diese Lücken schließen. Dadurch spielen wir das Zünglein an der Waage. Und das, obwohl wir gar keinen Dipol besitzen.

Die Moleküle nehmen die Energie auf und bleiben für einen Moment in diesem angeregten Zustand. Haben sie genug davon, geben sie die Energie wieder ab, indem sie ein Photon erzeugen. Ein Teil der Photonen wird dabei zur Erde zurückgesandt und deren Energie bleibt der Erde erhalten.

Dieser Effekt, den ihr den Treibhauseffekt nennt, sorgt dafür, dass es auf der Erdoberfläche ein paar Grad wärmer ist, als es eigentlich sein sollte. Ohne diesen Effekt wäre die Erde schon nach ein paar Millionen Jahren ausgekühlt und das Leben hätte Pech gehabt. Für die Lebewesen wäre es schlicht zu kalt geworden.

Kohlendioxid und Methan sind Moleküle, die die Absorption beherrschen. Bei beiden ist das zentrale Atom ein

Kohlenstoffatom. Bisher hatten meine Kohlenstoff-Kumpel und ich die Erde eingehüllt und warm gehalten. Kohlendioxid und Methan verschwanden aber jetzt mehr und mehr aus der Atmosphäre, was den Treibhauseffekt verringerte. Auf lange Sicht hätte das eigentlich zu einer Abkühlung führen müssen. Allerdings begann die Sonne aus unerfindlichen Gründen gleichzeitig etwas heißer zu brennen, so dass das Klima auf der Erde erstaunlich stabil blieb. Die Sonne kompensierte den Verlust an Treibhausgasen in der Atmosphäre. Das Universum hatte scheinbar ausgeholfen und dem Leben kurzfristig unter die Arme gegriffen.

Die Schalen der Lebewesen setzten sich also am Meeresgrund ab und bildeten dort Kalkstein. Der lag eine ganze Weile am Meeresgrund rum, bis er durch die Plattenbewegung der Erdkruste in die Nähe von Vulkanen geschoben wurde. Durch die Hitze verbrannte der Kalkstein und die ausbrechenden Vulkane bliesen das entstehende Kohlendioxid wieder in die Luft. So landete auch ich mit zwei Sauerstoffatomen wieder in der Atmosphäre. Das Ganze war kein kurzer Ausflug, sondern dauerte gut eine Million Jahre. Diesen Kreislauf musste ich gleich zweimal durchlaufen, doch dann nahm ich mich vor den Schalenbiestern in Acht.

Es war schon kurios. Auf der einen Seite gefiel mir das Leben ganz gut und es bot viel Abwechslung. Ich liebte die chemischen Prozesse in den Zellen, auch wenn ich sie immer weniger verstand, weil die Sache immer komplizierter wurde. Auf der anderen Seite sorgte das Leben dafür, dass immer mehr meiner Kohlenstoff-Kumpel in irgendwelchen Lagerstätten auf dem Meeresgrund verschwanden. Und das, obwohl das Leben doch auf Kohlenstoff basierte! Das gab mir schwer zu denken.

Der Sauerstoff erobert die Atmosphäre

Zunächst kümmerte sich das Leben nicht um den Sauerstoff, der sich in der Atmosphäre mehr und mehr anreicherte. Dem Leben war er ziemlich egal, doch irgendwann musste es feststellen, dass der Sauerstoff mit zunehmender Konzentration immer schädlicher für die Lebewesen wurde und vielen von ihnen arg zu schaffen machte.

Reiner Sauerstoff ist chemisch gesehen sehr aggressiv. Er sucht sich Atome oder Moleküle, an die er sich ranhängen kann. Das Eisen konnte sich nicht wehren. Als alle Eisenatome mit Sauerstoffatomen liiert waren, suchte sich der Oxidator neue Reaktionspartner und entdeckte so die Lebewesen. Deren große Moleküle eigneten sich bestens, um chemische Bindungen mit den Sauerstoffatomen einzugehen.

Allerdings funktionierten die Moleküle dann nicht mehr so, wie es sich das Leben ausgedacht hatte. Die Moleküle der Lebewesen wurden oxidiert und die Abläufe, die bis ins Detail geplant und kontrolliert waren, somit gestört. Der Sauerstoff begann dem Leben auf die Nerven zu gehen. Manche Lebewesen versuchten, sich in sauerstofffreie Nischen zurückzuziehen, doch mit wenig Erfolg. Das Leben hatte ein Problem und musste etwas tun. Es erfand Enzyme, die den Sauerstoff unter Kontrolle brachten und es entstanden neue Lebewesen, die gegen den Sauerstoff resistent waren.

Dann machte das Leben aus der Not auch noch eine Tugend. Es erfand einfach eine weitere Art von Lebewesen, die den Sauerstoff nutzen und daraus sogar Energie gewinnen konnten. Schließlich wurde bei der Oxidation eine Menge Energie frei, die die Lebewesen für ihren Stoffwechsel gut gebrauchen konnten. Die Sache musste nur kontrolliert ablaufen, dann konnte man daraus durchaus Kapital schlagen.

Jetzt gab es also Lebewesen, die Sauerstoff bei ihrem Stoffwechsel erzeugten und andere, die ihn für ihren Stoffwechsel nutzten. Das Leben hatte die Sache zum Guten gewendet. Es stellte sich sogar heraus, dass sich mit dem Oxidator viel einfacher und effektiver Energie gewinnen ließ. Die neuen Lebewesen befanden sich im Vorteil und das Leben war mit sich zufrieden.

In der Atmosphäre nahm der Sauerstoff immer noch zu. Man fand ihn jetzt auch in höheren Luftschichten. Es handelte sich um molekularen Sauerstoff, das heißt, immer zwei Sauerstoffteilchen hielten sich aneinander fest. Atomarer Sauerstoff, also einzelne Sauerstoffatome, kamen praktisch nicht vor. Dafür hatte der Sauerstoff viel zu sehr das Bestreben, sich mit anderen zu verbinden. Wenn niemand da ist, dann verbinden sich eben zwei Sauerstoffatome und das machen sie sogar mit großer Begeisterung.

Die Paarbildung zähmt den Sauerstoff ein bisschen. Er ist dann nicht ganz so temperamentvoll, wie wenn er allein unterwegs ist. Denn bevor er sich ein anderes Atom schnappen kann, muss er erst mal seinen Partner loslassen und das tut er nicht ohne weiteres. Außerdem ist anfangs nicht klar, wer von den beiden Sauerstoffatomen die Bindung mit dem anderen Atom eingehen wird. Ein Sauerstoffatom bleibt vielleicht übrig und das macht das Loslassen doppelt schwer.

Es gab auch Sauerstoffmoleküle, die aus drei Atomen bestanden, das Ozon. Das war in den tieferen Luftschichten nicht so häufig und man musste schon etwas weiter nach oben aufsteigen, um den dreiatomigen Sauerstoff zu finden. Hoch oben gab es eine Luftschicht, in der etwas mehr Ozon vorkam und wir nannten diese Schicht Ozonschicht.

In diesen Höhen gab es zwei Prozesse, die die Ozonschicht stabilisierten. Der eine Prozess machte aus dem normalen, zweiatomigen Sauerstoff Ozon, indem kurzwellige UV-Strahlen absorbiert wurden. Der andere Prozess verwandelte das Ozon zurück in zweiatomigen Sauerstoff, indem er ebenfalls UV Strahlen absorbierte, in diesem Fall aber etwas langwelligere UV Strahlen. So bildete sich um die Erde eine Schicht, die die ultraviolette Strahlung, die von der Sonne kam, absorbierte und so die Erde einhüllte und schützte.

Die Stärke der UV Strahlung, die den Lebewesen von Anfang an zugesetzt hatte, nahm auf der Erdoberfläche kontinuierlich ab. Das gefiel dem Leben und es dachte, dass die Zeit für die Lebewesen gekommen war, das Wasser zu verlassen. Diese vertraten eine andere Meinung und so vergingen noch ein paar Millionen Jahre, bis sie den Schritt endlich wagten.

Der Schneeball Erde

In der Zwischenzeit nagten die Magmaströme im Innern der Erde an Rodinia, dem Kontinent, der immer noch einsam auf einer Seite der Erde klebte.

Ich habe ihn öfters überflogen. Er bestand ausschließlich aus Wüsten, was auch kein Wunder war, denn das Leben hatte das Land noch nicht erobert. An den Rändern der Landmasse gab es Wasser von den Wolken, die sich dort abregneten. Hier hätten die Lebewesen vielleicht eine Chance gehabt, doch das Leben stand ja noch in den Startlöchern, was den Landgang anging. Im Innern war das Land staub trocken, weil die Wolken diese Gebiete nicht erreichen konnten.

Eines Tages begann Rodinia zu zerbrechen. Die riesigen Magmaströme im Innern der Erde gaben einfach keine Ruhe. Rodinia kapitulierte, zerbrach und teilte sich in mehrere große kontinentale Platten und diese drifteten von da an langsam auseinander. Es entstanden die Kontinente, wie ihr sie heute kennt. Sie brauchten allerdings noch ein paar Millionen Jahre, um in die heutigen Positionen zu driften.

Die Lücken zwischen diesen riesigen Bruchstücken füllten sich mit Wasser und so kam das Wasser dorthin, wo es die letzten paar Millionen Jahr nicht gewesen war. Es bildeten sich Wolken und es regnete zum ersten Mal in den Gegenden, die einst trocken und Jahrmillionen ohne einen Tropfen Wasser ausharren mussten.

Das im Wasser enthaltene Kohlendioxid wurde von den Mineralien aufgenommen und so verschwanden wieder mal viele Kohlenstoff-Kumpel in irgendwelchen Sedimenten und Ablagerungen. Die Freunde fehlten natürlich in der Atmosphäre und der Treibhauseffekt nahm weiter ab. Dieses Mal kam jedoch die Sonne nicht zur Hilfe und so wurde es kälter.

Es folgte eine extreme Kälte, die man auf der Erde bis dahin noch nicht gekannt hatte. Es schneite und der Schnee blieb fast überall liegen. Auf den Meeren bildete sich eine Eisschicht und die blaue Erde wurde weiß. Der Schnee und das Eis reflektierten die Strahlung, die von der Sonne kam, und das verstärkte wiederum die Abkühlung. Die Erde verwandelte sich in einen großen Schneeball. Nur am Äquator gab es noch einen kleinen Streifen, der schnee- und eisfrei war.

Dem Leben gefiel das gar nicht. Eine ganze Menge Arten mussten den Löffel abgeben. Andere hatten unter diesen Bedingungen keine Lust mehr und starben freiwillig aus. Der Landgang war erst mal abgesagt und wurde auf unbestimmte Zeit verschoben. Das Leben hatte jetzt andere Sorgen und musste Strategien gegen die Kälte entwickeln. Die verbliebenen Lebewesen zogen sich zurück und warteten auf besseres Wetter bzw. auf ein wärmeres Klima. Das Leben hatte Pech gehabt und konnte nichts dagegen tun. Das einzige, was man im Überfluss besaß, war Zeit und so harrte ich der Dinge die noch kommen sollten.

Letztlich sorgten die Bewegungen der neuen Kontinente wieder für eine Änderung des Klimas. An den Rändern der Platten war einiges los. Die Platten wurden aufeinander gedrückt oder auseinandergezogen. Hier entstanden viele Vulkane, die unter anderem auch sehr viel Kohlendioxid in die Atmosphäre bliesen. Das brachte viele Kohlenstoff-Kumpel mit ihren Sauerstoffpartnern zurück ins Spiel. In der Atmosphäre kurbelten sie sofort den Treibhauseffekt an, der half, die Erde abzutauen. Es wurde tatsächlich wieder wärmer.

Ich war im Eis gefangen. Lange Zeit war es mir gelungen mit zwei Sauerstoff-Freunden in der Atmosphäre zu bleiben, von wo aus ich beobachten konnte, wie sich die Erde langsam mit einer weißen Schnee- und Eisdecke überzog. Irgendwann wurden wir von einem Regentropfen eingefangen und eingefroren. Von da an warteten wir im Eis auf unsere Befreiung. Als das Eis endlich taute, machten auch wir uns sofort wieder an die Arbeit, die Wärmestrahlung auf die Erde zurückzulenken. Es gelang uns tatsächlich, das Eis zurückzudrängen, die Erde von ihrem Eismantel zu befreien und wieder für angenehmere Temperaturen zu sorgen.

Das Leben hat die besten Ideen

Auch das Leben hatte durchgehalten. Es kam mir sogar so vor, als ob es sich in aller Stille auf diesen Moment vorbereitet hatte und nun mit ganz neuen Ideen aufwartete. Mit dem wärmeren Klima und den besseren Bedingungen konnte es neue Konzepte ausprobieren. Das Leben lauerte in den Startlöchern. Als es dann soweit war und meine Kohlenstoff-Kumpel und ich die Erde vom Eis befreit hatten, wagte es einen neuen Anlauf.

Es entstand ein ganz neuer Typ von Zellen, mit einem Zellkern und weiteren Abteilungen im Innern der Zelle. Diese strukturell abgegrenzten Bereiche übernahmen bestimmte Funktionen. In einigen wurde die Nahrung aufbereitet, andere sorgten für den Abbau von Nahrungsrückständen und wieder andere erzeugten chemische Substanzen, die für allerlei Zwecke benötigt wurden. Die Bereiche waren durch Membrane abgeteilt, die nicht nur die Aufgabe hatten diese Bereiche abzugrenzen, sondern auch bestimmten, welche Stoffe in die Abteilungen eindringen durften und welche sie verlassen mussten. Innerhalb der Bereiche gab es Katalysatoren, Enzyme, die die chemischen Prozesse anstießen und steuerten.

Eine wichtige Neuerung waren kleine Kraftwerke innerhalb der Zelle, die die Aufgabe der Energieerzeugung übernahmen. Diese Kraftwerke, die selbst wie Zellen aussahen, umgab eine Doppelmembran. Irgendwann musste es ein großes Bakterium geschafft haben, ein anderes Bakterium, das sich auf die Energieerzeugung spezialisiert hatte, einzufangen und in sich aufzunehmen. Schlau, denn dadurch musste es sich nicht mehr selbst um die Energie-versorgung kümmern.

Vielleicht war es auch anderes herum und ein armes, kleines Bakterium suchte Schutz in einem großen Bakterium und fand einen Wirt, der es aufnahm. Zum Ausgleich gab es dem Wirt etwas Energie, die es selbst so gut erzeugen konnte. Auf jeden Fall hatten die beiden Spaß miteinander und so entstand eine Zweckgemeinschaft.

Die Kraftwerke, ihr nennt sie Mitochondrien, waren kleine, zellartige Gebilde innerhalb der neuen Zellen und sie besaßen sogar eine eigene Erbsubstanz. Sie wurden in den Zellen eingebettet, geliebt, behütet und mit bestimmten Molekülen gefüttert. Die Zellen hatten damit das Problem der Energieversorgung gelöst, indem sie es an einen Subunternehmer ausgelagert hatten.

Die kleinen Kraftwerke brachten es fertig, bestimmte chemische Verbindungen zu oxidieren, also mit Sauerstoff reagieren zu lassen. Die Reaktion verlief nicht explosionsartig, sondern bis ins Kleinste kontrolliert. Am Ende entstand ein Molekül, das sich als der ultimative Energieträger herausstellte. Es wurde in die Zelle abgegeben und praktisch überall dort eingesetzt, wo man Energie benötigte. Aus diesem Zelltyp entstanden später die Tiere.

Andere Zellen entwickelten eine ähnliche Strategie und taten sich mit den Chloroplasten zusammen. Sie ähnelten sehr den Cyanobakterien und waren kleine Kraftwerke, die im Unterschied zu den Mitochondrien das Sonnenlicht anzapften, um Energie in Moleküle zu packen. Auch sie besaßen eine eigene Erbsubstanz und vermehrten sich in den Wirtszellen unabhängig von der Zellteilung. Dieser Zelltyp begründete die Pflanzenwelt.

Neben den Neuerungen innerhalb der Zellen erkannte das Leben auch das Potenzial, das mit vielzelligen Lebewesen zum Vorschein kam. Immer mehr Zellen zogen es vor, sich in Zellverbänden zusammenzuschließen. Vielleicht wollten sie sich bei der Kälte gegenseitig wärmen und so blieben sie aneinander haften. Was zunächst wie ein Fehler bei der Zellteilung aussah, entpuppte sich später als die Innovation schlechthin.

Doch zunächst galt es noch einige Hürden zu nehmen: Die Zellen mussten ordentlich aneinander haften bleiben und man brauchte Verbindungen zwischen den Zellen, um spezielle Moleküle austauschen zu können. Es bildeten sich kleine Poren, durch die die Moleküle von einer Zelle zur anderen gelangen konnten.

Dann begann das Leben den Zellen in solchen Organismen verschiedene Aufgaben zuzuteilen. Eine der wesentlichen Änderungen bedeutete, dass sich nicht mehr alle Zellen an der Vermehrung beteiligen durften. Diese war den Keimzellen vorbehalten und die restlichen Zellen mussten zuschauen oder unterstützend tätig sein. Jetzt wurde mir sonnenklar, welche wichtige Bedeutung das Leben der Vermehrung zukommen ließ. Mit ihr wurden die bisherigen Errungenschaften, die Baupläne und Funktionen in Form eines langen Moleküls an die nächste Generation weitergegeben. Nur so konnte das Leben experimentieren und die Lebewesen weiterentwickeln.

Damit ein Organismus funktionierten konnte, mussten seine Zellen ihr Verhalten, ihre Differenzierung und ihre Vermehrungsrate miteinander abstimmen. Die Aufgaben der Zellen mussten klar verteilt sein. Um das zu gewährleisten, war eine Art Kommunikationssystem zwischen den Zellen notwendig. Dies übernahmen Signalmoleküle, die mit der Anzahl der Zellen im Organismus bzw. der Größe der Organismen immer wichtiger wurden. Außerdem brauchten die Organismen eine Matrix, die einerseits von den Zellen produziert wurde, in die sie andererseits aber auch selbst eingebettet waren.

Einzelne Zellen spezialisierten sich weiter und begannen Probleme zu lösen, die die Einzeller früher nie hatten. Das Leben experimentierte eine Weile in diese Richtung und bald existierten Lebewesen, die sehr viele und auch sehr unterschiedliche Zellen besaßen. Ich wunderte mich immer wieder, wie es die Signalmoleküle schafften, den Zellen mitzuteilen, an welcher Stelle sie sich befanden. Je nach dem sahen sie völlig verschieden aus und erledigten völlig verschiedene Aufgaben. Und das, obwohl alle Zellen von einer Zelle abstammten, den gleichen Zellkern besaßen und durch einfache Zellteilung produziert wurden.

Bei den Vielzellern bekam das Leben bald das Problem, die Zellen einerseits mit Nährstoffen zu versorgen und andererseits die Abfallprodukte der Zelle abzutransportieren. Die einfache Verteilung der Stoffe durch Diffusion reichte nicht mehr aus und so mussten besondere Transporteinrichtungen entwickelt werden. Letztendlich entwickelte das Leben einen Kreislauf, einen Strom aus Lebenssäften, der dabei die Hauptrolle spielte. Er transportierte jede Menge von den wichtigen Kohlenstoffverbindungen und erreichte fast alle Zellen.

Die Zellen der Tiere wurden bezüglich der Nahrungsversorgung immer anspruchsvoller. Da sie ihre Energie nicht durch Photosynthese gewannen, wurden sie im Laufe der Zeit von einer kontinuierlichen Zufuhr von Aminosäuren, Vitaminen und anderen Substanzen abhängig. Wichtig war neben der Versorgung mit Kohlenstoffverbindungen auch die Versorgung mit Sauerstoff. Er musste in die kleinen Kraftwerke transportiert werden, ohne dass er auf dem Weg dorthin etwas anstellen konnte. Diese Aufgabe übernahmen ebenfalls Moleküle bzw. Proteine, die den Sauerstoff an sich binden konnten und erst in den Kraftwerken wieder losließen.

Die Pflanzen blieben bescheidener und konnten alle lebenswichtigen Moleküle selbst herstellen. Sie benötigten hauptsächlich Kohlendioxid, Wasser und Licht, um Zucker herzustellen. Bestimmte Mineralien, wie Nitrate und Phosphate entzogen sie dem Boden, in dem sie wuchsen oder nahmen sie mit dem Wasser auf, das sie einsaugten.

Mit der Zeit konnte ich die verschiedenen Zelltypen gut unterscheiden. Es war nicht schwer zu erkennen, ob man sich im Verdauungstrakt, einer Muskelzelle, einer Nervenzelle oder in den Zellen befand, die die Lebenssäfte von den Abfallstoffen reinigten. Die Struktur der Zellen wurde von ihrer Funktion bestimmt und so ähnelten sich die Zellen mit analogen Funktionen in verschiedenen Lebewesen mehr, als die Zellen innerhalb eines Lebewesens, die verschiedene Funktionen erfüllten.

Die Vielzeller, die etwas auf sich hielten, grenzten sich durch ein Deckgewebe von ihrer Umwelt ab. So konnten sie den inneren Zellen gleichmäßigere Lebensbedingungen bieten. Außerdem musste sich das Leben mit deren äußerer Form beschäftigen. Es erkannte, dass die Symmetrie offensichtlich das Dasein der Lebewesen vereinfachte und so waren die Vielzeller weitgehend symmetrisch aufgebaut. Plötzlich unterschied man ein oben und ein unten und vielleicht auch ein rechts und ein links oder zumindest ein vorne und ein hinten. Wenn ihr an euch selbst denkt, ist es eindeutig einfacher, mit zwei gleichlangen Beinen zu laufen als mit einem langen und zwei kurzen.

Auch das Leben sah in der Symmetrie eine Vereinfachung. Letztlich musste es nur einen Teil der Baupläne abspeichern und konnte den anderen Teil aus der Symmetrie herleiten.

Manche Lebewesen hatten eine radiale Symmetrie. Sie sahen wie eine Kugel aus. Dabei handelte es sich natürlich um sehr einfache Lebewesen. Andere waren um eine Achse symmetrisch. Wenn man das Tierchen um diese Achse drehte, zeigte sich immer das gleiche Bild. Und dann gab es Arten, die eine Spiegelsymmetrie aufwiesen, eine linke und eine rechte Körperhälfte besaßen.

Mit den immer größer werdenden Lebewesen wurde es für mich immer schwieriger zu erkennen, in welchem ich mich gerade aufhielt. Ich konnte zwischen den Tieren und Pflanzen noch gut unterscheiden, doch eine genauere Bestimmung innerhalb dieser beiden Gruppen war mir oft nicht möglich. Laufend kamen neue Arten dazu, die es mir immer schwerer machten. Um weitere Informationen zu bekommen, musste man sich - wie immer, wenn es um makroskopische Dinge ging - auf den Buschfunk der anderen Atome verlassen.

Die Tiere entwickelten mit der Zeit Sinnesorgane, die es ihnen ermöglichten, ihre Umgebung wahrzunehmen. Sie konnten bestimmte Stoffe im Wasser erkennen, die um sie herum schwammen, sie bekamen einen Tastsinn und lernten Druck- und Schallwellen zu interpretieren und konnten sich dann irgendwann sogar mit deren Hilfe verständigen. Nicht zuletzt nutzen sie das Licht, um sich zu orientieren und sich ein Bild von ihrer Umgebung zu machen.

Außerdem bekamen sie Extremitäten: Schwänzchen, Flossen, Arme und Beine mit denen sie sich fortbewegen konnten. Mobilität wurde immer wichtiger, zumal mit den Sinnesorganen auch der Wunsch größer wurde, bestimmte Interessen und nicht zuletzt ihren Willen durchzusetzen. Die Abläufe in den Lebewesen wurden komplexer und es war unmöglich allen Dingen auf den Grund zu gehen bzw. alle Abläufe zu verstehen.

Neue Möglichkeiten der Vermehrung

Eines Tages erfand das Leben etwas, was die Lebewesen für immer in seinen Bann ziehen sollte: Die geschlechtliche Vermehrung.

Dafür waren zwei Geschlechter von Lebewesen notwendig, eine weibliche und eine männliche Form. Beide Formen verfügten über spezielle Keimzellen, die zu einer Zelle verschmolzen, wenn man sie zusammenbrachte. Aus dieser Zelle wuchs dann ein neues Lebewesen. Das hatte den Vorteil, dass beide Geschlechter ihr Erbgut mitgeben konnten und das neue Lebewesen eine Kombination aus seinen Eltern war. Die genetische Vielfalt einer Art oder Population erhöhte sich dadurch von Generation zu Generation. Jetzt konnte das Leben noch viel schneller experimentieren und neue Dinge ausprobieren.

Die weibliche Form war für die Eier zuständig, die meist etwas aufwändiger zu produzieren waren, weil manche neben dem Erbgut auch gleich ein erstes Lunchpaket an Nährstoffen enthielten. Die Weibchen beschlossen deshalb irgendwann, die Eier nicht mehr dauernd, sondern nur in bestimmten Zyklen zu produzieren. Das passte auch ganz gut zu saisonalen Schwankungen, bedingt durch die Jahreszeiten oder anderer Einflüsse.

Die männliche Form stelle das Erbgut in Form von Spermien zur Verfügung, die praktisch keine Nährstoffe enthielten und so in großen Mengen und zu jeder Zeit produziert werden konnten. Die Männchen gingen entsprechend verschwenderisch mit ihren Spermien um und tun das auch heute noch, wenn ich richtig informiert bin.

Zunächst setzten die Männchen ihre Spermien einfach im Wasser aus, in der Hoffnung, dass sie irgendwo auf ein passendes Ei treffen würden. Doch das Leben erkannte bald, dass eine effiziente Vermehrung so nicht funktionierte und man die Sache etwas besser koordinieren musste. Das Ganze war eine Frage der Abstimmung zwischen den Geschlechtern, die sich von Beginn an nicht einfach gestaltete.

Manche Lebewesen einigten sich auf eine Blütezeit, in der die Vermehrung über die Bühne gehen sollte. Meist war es der Frühling, weil anschließend der warme Sommer folgte, um die Sache zu Ende zu bringen. Das ist heute noch so. Viele Pflanzen blühen nur einmal im Frühling und die Männchen überfluten die Weibchen dann mit Tonnen von Pollen, von denen nur ein winziger Bruchteil eine Eizelle findet.

Eine weitere Strategie waren große Laichfeste, die die Weibchen organisierten, indem sie etwas ins Wasser gaben, was den Männchen signalisieren sollte, dass es jetzt losging. Die Männchen reagierten darauf und gaben ihr Erbgut weiter. So verstärkte sich der Signaleffekt. Die Männchen reagierten im Laufe der Zeit immer heftiger auf dieses Etwas.

Noch später beschlossen die Weibchen, die Eizellen nicht mehr einfach im Wasser abzulegen. Die Gefahr, dass die Eizellen nicht befruchtet wurden, erschien ihnen zu groß. Außerdem gab es gefräßige Räuber, die nur darauf warteten, die Eier abzuräumen. Ein Ei, das ein ordentliches Lunchpaket enthielt, war eine zu große Investition, als dass man es einfach im Wasser davonschwimmen lassen konnte.

Ein paar Weibchen entschieden sich, bei der Befruchtung der Eier dabei zu sein, um auf Nummer Sicher zu gehen. Anschließend packten sie die befruchteten Eier in Kalk oder brüteten sie sogar im eigenen Körper aus. Das schaffte eine völlig neue Nähe zwischen den Geschlechtern und machte die Spermienübergabe zu einer wichtigen Angelegenheit, sozusagen zur Chefsache.

Die Männchen mussten auf den richtigen Zeitpunkt warten, bis das Ei soweit war und befruchtet werden konnte. Das Leben sorgte dafür, dass die Männchen immer bereit standen, um den Zeitpunkt auch ja nicht zu verpassen. So wurde die Sache für die Männchen zu einem Geduldsspiel, das ihnen manchmal den letzten Nerv raubte.

Gut, die Techniken der Spermaübergabe und anschließenden Eibefruchtung waren am Anfang eher bescheiden und wenig ausgereift. Doch die geschlechtliche Vermehrung wurde im Laufe der nächsten Millionen Jahre von den Lebewesen weiter entwickelt, durch Rituale ergänzt und verfeinert und bis zur Perfektion getrieben.

Neben den reinen Lockmitteln, die die Weibchen einsetzten, spielte mehr und mehr die Fähigkeit zu überleben und die Jungen großzuziehen eine entscheidende Rolle. Schließlich wollte man kein Risiko eingehen oder in eine Totgeburt investieren. Das führte dazu, dass den Partnern die äußerlichen Merkmale immer wichtig wurden, die direkt oder indirekt mit dem Erfolg der Vermehrung und der Aufzucht der Jungen in Zusammenhang gebracht werden konnten.

Kurioserweise hatten nicht alle geschlechtsspezifischen Merkmale etwas mit den oben beschriebenen Fähigkeiten zu tun. Trotzdem konnte der Anblick dieser Merkmale spezifische Reaktionen auslösen und das Paarungsritual einleiten. Ich denke, das Leben war hier etwas zu verspielt. Kaum zu glauben, welchen Gefallen die Lebewesen an der geschlechtlichen Vermehrung gefunden hatten und welche seltsamen Blüten die Sache trieb.

Keine Ahnung, wie viele geschlechtliche Vermehrungen es jeden Tag gab. Bei der Anzahl an Lebewesen und der Leidenschaft mit der sie der Sache nachgingen, müssen es Millionen gewesen sein. Trotzdem vergingen einige Tausend Jahre, bis ich endlich selbst dabei sein durfte.

Ich hielt mich gerade in einem Weibchen auf, genauer gesagt in den Eierstöcken, dort wo die weiblichen Keimzellen produziert wurden. Die Eizelle war so gut wie fertig, als ich als Teil einer Membran, die die Eizelle offensichtlich vor Eindringlingen schützen sollte, um das Ei gewickelt wurde. Das Ei quetschte sich aus dem Eierstock und war nunmehr bereit für die Befruchtung.

Es handelte sich um eine innere Befruchtung, die im Körper des Weibchens stattfand. Ein Männchen lauerte schon darauf, dass das Weibchen das Paarungsritual einleitete, bei dem sich das Paar ganz schön verausgabte. Als die beiden endlich zur Ruhe kamen, warteten wir gespannt auf das Eintreffen der Spermien. Es dauerte eine ganze Weile, bis die ersten heranwuselten. Anscheinend hatten auch sie sich schon etwas verausgabt, denn sie wirkten abgekämpft, als sie bei uns eintrafen.

Zum Vorwärtskommen benutzten sie eine kleine Geisel, mit der sie wild zappelten. Der Antrieb wirkte nicht gerade effizient und so hatten wir noch etwas Zeit um zu wetten, welches Spermium als erstes das Ei erreichen würde. Ich setzte auf ein strammes Exemplar, das einen ordentlichen Schwanz besaß, mit dem es sich durch die weiblichen Körpersäfte mühte. Leider traf es etwas zu spät ein. Auf der anderen Seite der Eizelle hatte ein Konkurrent das Rennen gemacht. Es war ihm gelungen, als Erster tief genug in die Eizelle einzudringen.

Jetzt kam mein Einsatz. Meine Membran musste die Tore nämlich genau in dem Moment schließen, wenn das erste Spermium in die Eizelle eingedrungen war. Zwei von den Kerlen konnte man hier offensichtlich nicht gebrauchen. Bei der ersten Berührung der beiden Keimzellen wurden verschiedene Reaktionen eingeleitet, die die Struktur der Membran veränderten und so für weitere Spermien undurchlässig machten. Dutzende andere Spermien versuchten noch vehement das Ei zu stürmen, doch unsere Hülle hielt dicht und die beiden Keimzellen konnten sich in aller Ruhe vereinigen.

Die Artenvielfalt explodiert

Und dann war es so weit. Das Leben auf dem Planeten Erde hatte seine Hausaufgaben gemacht, die wichtigsten Vorbereitungen getroffen und startete einen gewaltigen Anlauf. Die Anzahl der Arten in der Tier- und Pflanzenwelt explodierte buchstäblich und es wimmelte nur so von verschiedenen Individuen. Die Baupläne für fast alle späteren Tiere entstanden jetzt. Das Leben befand sich in einer kreativen Phase. Keine Ahnung was es vorhatte, doch es wollte alles Mögliche ausprobieren und wenn möglich auch noch gleichzeitig.

Es war bei Leibe nicht der Garten Eden, der hier entstand. Die meisten Tiere hatten nicht den Frieden auf Erden im Sinn, sondern es ging ihnen um Nahrung und Fortpflanzung. Das Leben hatte dafür gesorgt, dass die Lebewesen neben der Selbsterhaltung auch ihr Erbgut weitergeben wollten.

Zu den ersten erfolgreichen Tieren zählten die Trilobiten. Sie beherrschten die Erde 300 Millionen Jahre lang und es gab sie in vielen Formen. Alle waren spiegelsymmetrisch aufgebaut, besaßen einen Kopf, einen Brust- und einen Schwanzteil. Ein Außenskelett, eine Art Schutzschild, der mit Calciumcarbonat verstärkt war, bot etwas Sicherheit vor den Angreifern. Auch dabei leisteten wir Kohlenstoffatome unseren Beitrag.

Fast alle Tiere schafften sich ein Skelett und meist sogar einen Panzer an, um sich vor den Räubern zu schützen. Die Innenskelette kamen in Mode, weil sie in jeder Hinsicht mehr Flexibilität boten. Es begann ein großes Fressen.

Die einzelnen Arten wurden im Existenzkampf immer einfallsreicher. Es ging hauptsächlich darum zu fressen, aber nicht gefressen zu werden und in den Pausen musste man sich natürlich vermehren. Vielleicht war es auch anders herum.

Erst kamen die Fische und deren Artenvielfalt explodierte. Es lief immer nach dem gleichen Muster ab. Zuerst gab es nur einige vereinzelte Exemplare. Dann, nach einer ersten Bewährungsprobe, vermehrte sich die Art explosionsartig und es entstanden jede Menge Unterarten.

Im Meer tummelten sich die Lebewesen. Zum Teil entwickelte das Leben riesige Monster. Diese waren die reinsten Fressmaschinen. Sie schwammen schnell umher, immer auf der Suche nach einem kleinen Imbiss oder einer richtig kräftigen Mahlzeit. Alle Lebewesen perfektionierten ihre Sinnesorgane, die einen, um ihre Mahlzeit aufzuspüren und die anderen, um den Räubern aus dem Weg zu gehen oder zu entkommen. Einige Arten hatten auch die Strategie, sich schneller zu vermehren, als sie von den Monstern gefressen werden konnten. Sie hatten damit sogar Erfolg.

Mit der Vielfalt der Arten kam es zu langen Nahrungsketten. Am Anfang standen immer die Pflanzen, die ihre Energie von der Sonne bezogen. Dann kam eine Reihe von Tieren, die sich voneinander ernährten und so die Nahrungskette bildeten. Die Kleinen wurden von Größeren gefressen und das wiederholte sich, bis das Ende der Nahrungskette erreicht war. Manchmal starb auch ein Tier ohne gefressen zu werden. Dann wurde es von kleineren Individuen aus dem Weg geräumt.

Ich durchlief viele dieser Nahrungsketten immer wieder und so lernte ich mit der Zeit die Verdauungstrakte der verschiedensten Arten kennen. Immer wenn das Tier, in dem ich mich gerade aufhielt, gefressen wurde, durchlief ich den Verdauungstrakt des Räubers. Keine sehr angenehme Erfahrung, werdet ihr jetzt denken, doch als Kohlenstoffatom sieht man das eher gelassen. Die üblen Moleküle, die hier entstanden und als Gas entwichen, ließen uns kalt. Wir waren meist in den Aminosäuren, Fetten und Kohlenhydraten gebunden. Diese wurden extrahiert und in den Blutkreislauf geleitet. Dort angekommen hatte man die Sache hinter sich und wartete eher gespannt darauf, in welchem Zelltyp es nun weiterging. Die Verdauung an sich verlief langweilig, denn sie funktionierte immer nach dem gleichen Muster.

Wenn ich mir die Fressmaschinen so ansah, war es fast naheliegend, dass einige Arten das Leben im Meer satt hatten und die Nerven verloren. Sie machten sich auf den Weg, das Wasser zu verlassen und suchten ihr Heil auf dem Trockenen. Die Pflanzen hatten den neuen Lebensraum schon 50 Millionen Jahre früher für sich entdeckt und so gab es an Land auch etwas zu Fressen, zumindest für Vegetarier.

Allerdings gestaltete sich der Landgang nicht einfach, denn die Tiere waren dafür nicht ausgestattet. Ihre Skelette zeigten Schwächen, wenn das stützende Wasser fehlte.

Das Leben musste erneut eingreifen und bei den Lebewesen hier und da etwas nachbessern, einige Bauteile verstärken, ein paar Beine spendieren, etc. Alle Bauformen folgten dem gleichen Prinzip. Die Lebewesen waren spiegelsymmetrisch aufgebaut, hatten eine gerade Anzahl an Beinen, einen Kopf und ein Schwänzchen. Das Leben glaubte wohl fest daran, das richtige Konzept gefunden zu haben.

Einige Lebewesen misstrauten dem Landgang und hielten sich deshalb ein Hintertürchen offen. Es entwickelten sich die Amphibien, die im Grenzbereich zwischen dem Wasser und dem Land lebten. Parallel entstanden die Insekten und danach kamen die Reptilien und bei allen explodierte die Artenvielfalt nach dem gleichen Muster. Alle bildeten Nahrungsketten und besaßen einen Verdauungstrakt.

Am Anfang krochen die Lebewesen nur auf dem Boden herum. Doch dann lernten sie das Laufen, zuerst langsam und bescheiden, dann immer schneller. Das musste so sein, denn die Räuber waren ihnen gefolgt, lernten auch das Laufen und machten jetzt das Festland unsicher.

Die Explosion der Artenvielfalt schritt weiter voran und schon bald patrouillierten die Monster auch in den Wäldern und machten auch hier Jagd auf ihre Beute.

Ein paar Arten lernten fliegen und schafften es, sich in die Lüfte zu erheben. Doch auch diese Nische wurde bald von fliegenden Räubern besetzt. Andere warteten einfach ab, bis die Himmelsstürmer mal wieder landen mussten und packten sie dann.

Nach den Fischen, Amphibien, Insekten und Reptilien kamen die Dinosaurier, Vögel und Säugetiere. Auch die Pflanzen entwickelten sich weiter und es gab bald unzählige Arten. Es schien praktisch unmöglich, den Überblick zu behalten. Als Atom war es nicht leicht, das Leben zu beobachten. Ich nutzte den Vorteil, dass ich unendlich viel Zeit hatte und immer wieder Teil der Biomasse wurde und so das Geschehen direkt miterleben konnte.

Bei dem ganzen Durcheinander kam es abwechselnd zur Ab- und Zunahme der Artenvielfalt. Erst probierte das Leben etwas aus. Wenn sich der Erfolg zeigte, gab es plötzlich unheimlich viele Abkömmlinge. Verlor das Leben das Interesse, nahm die Vielfalt der entsprechenden Gruppe wieder ab. Oder die Gruppe musste ganz aussterben, weil sie von neuen Arten, neuen Ideen, die das Leben hatte, verdrängt wurde.

Als Letztes entwickelten sich die Säugetiere. Sie waren etwas Besonderes. Das Leben hatte in dieser Tiergattung die besten Innovationen zusammengepackt. Sie besaßen eine konstante Körpertemperatur und mit ihrem Fell konnten sie weitgehend unabhängig von der Umgebungstemperatur existieren. Die Weibchen produzierten eine weiße Flüssigkeit, die viel Fett, Eiweiß und auch Kohlenhydrate enthielt und konnten damit, als erste Art, den Jungtieren eine warme Mahlzeit bieten. Das machte die Säugetiere sehr erfolgreich. Die zunächst kleinen Arten wurden schnell größer und verdrängten dann weitgehend die Konkurrenten aus den anderen Tiergruppen.

Rückschläge für die Lebewesen

Die Entwicklung der Lebewesen verlief jedoch in keinster Weise geradlinig und das Leben hatte es nicht einfach. Es lauerten, wie schon angedeutet, jede Menge Sackgassen, in die sich das Leben verrannte. Die entsprechende Tiergruppe musste dann leider aussterben. Andere Entwürfe entwickelten sich eigentlich ganz vielversprechend. Doch da das Leben meist mehrere Eisen im Feuer hatte, wurden sie durch andere Tiergruppen, die eben ein bisschen erfolgreicher waren, übertroffen und letztlich verdrängt.

Dann gab es auch Rückschläge, für die das Leben beim besten Willen nichts konnte. Die Erde erscheint euch vielleicht als ein sehr sicherer Hafen, doch das liegt nur daran, dass ihr den Planeten erst ein paar tausend Jahren kennt. Das Auf und Ab der Artenvielfalt war geprägt durch Katastrophen, die mit einer bestimmten Regelmäßigkeit auf das Leben einschlugen. Und so mussten einige Arten vorzeitig den Löffel abgeben, die eigentlich Erfolg hatten und sich gegen alle Konkurrenten durchsetzen konnten.

Am spektakulärsten fand ich immer die Einschläge fremder Himmelskörper. Alle paar hunderttausend Jahre kreuzte ein Meteorit oder Asteroid die Erdbahn oder kam ihr sehr nahe. Vom Gravitationsfeld der Erde erfasst, brauste der Brocken auf die Erde herunter und das war nicht so harmlos, wie wenn eine kleine Sternschnuppe herunterfällt.

Der Asteroid gewann beim Sturz auf die Erde sehr viel Energie, die dann beim Aufschlag frei wurde. Schon in der Atmosphäre heizte er, durch seine hohe Geschwindigkeit, die Luft durch die Reibung so stark auf, dass sie zu glühen begann. Dort, wo der Asteroid seine Bahn zog, entstand ein Plasma-Kanal.

Beim Aufschlag kam es zu einer Explosion, die die ganze Energie freisetzte. Es folgte eine Monster-Druckwelle, riesige Mengen an Wasser verdunsteten augenblicklich und es wurde jede Menge Staub aufgewirbelt. In der unmittelbaren Umgebung, und das konnten einige hundert Kilometer sein, hatten die Lebewesen keine Chance. Es wurde einfach zu heiß und die Druckwelle blies alles davon. Im Verlauf der nächsten Tage, Wochen oder auch Jahre veränderte sich das Klima dramatisch, weil sich in der Atmosphäre viel Staub ansammelte. Die Arten, die damit nicht zurechtkamen, und das waren die meisten, starben aus.

Globale Erwärmungen oder Abkühlungen sind aber nicht nur auf solche spektakulären Ereignisse zurückzuführen. Es reichte schon, wenn ein größerer Vulkan ausbrach oder wenn sich die Zusammensetzung der Atmosphäre änderte und dadurch der Treibhauseffekt zu- oder abnahm. Dadurch wechselten sich Warm- und Kaltzeiten ab und es kam zu mehreren Eiszeiten.

Und dann gab es auch noch Methanausbrüche, Sauerstoffmangel, Sonnenflecken, Meeresspiegel-schwankungen, globale Unwetter, Krankheiten und ich weiß nicht was.

Doch letztlich erwies sich das Leben als sehr widerstandsfähig und alle Widrigkeiten konnten ihm nichts anhaben. Es hatte die Erde besetzt und ließ sich nicht mehr vertreiben.

Einige Atome, die später auf die Erde kamen, erzählten von anderen Lebensformen auf anderen Planeten. Dort muss es ähnlich abgelaufen sein. Hatte sich das Leben erst einmal eingenistet, konnte es durch nichts mehr vertrieben werden.

Ich für meinen Teil gab mich zufrieden. Gut, die Erde war keine Sonne und im Vergleich zu einem Fusionsstern eher klein, kalt und unscheinbar. Doch sie besaß das Leben und es amüsierte mich, dabei zuzuschauen und zu beobachten, was dem Leben wohl als nächstes einfallen und wie es die nächsten Probleme lösen würde. Wie es sich gegen die Unwägbarkeiten des Universums stemmte, Rückschläge einsteckte, aber auch austeilen konnte.

Da das Leben auf Kohlenstoff basierte, waren meine Kohlenstoff-Kumpel und ich immer dabei und das machte uns mächtig stolz. Wir bildeten einen großen Kohlenstoffkreislauf, der in der Zwischenzeit viele Varianten aufwies.

Es gab die Möglichkeit, sich mit Sauerstoff-atomen zu paaren oder besser zu trippeln und als Kohlendioxid durch die Lüfte zu schweben und ins Wasser einzutauchen. Alles lief im nassen Element wie in Zeitlupe ab, die Stöße mit anderen Molekülen waren sanft und gedämpft. Man ließ sich im Wasser treiben, tauchte irgendwann wieder auf, verdampfte und befand sich zurück in der Atmosphäre. Was für ein herrlich freies Dasein.

Eine weitere Variante bot die Biomasse. Man war zuerst Teil der Pflanzen, durchlief dann die Nahrungsketten und die damit verbundenen Verdauungssysteme, lernte die Physiologie der Tiere kennen, bis das Ende einer Kette erreicht war. Oder man verließ das Lebewesen durch eine der vielen Körperöffnungen, manchmal als Kohlendioxid direkt in die Gasphase und genoss wieder die Freiheit der Atmos-phäre, flog umher und konnte sich erneut einen Überblick verschaffen, wie sich die Erde verändert hatte.

Schlecht war, wenn das Tier oder die Pflanze einfach nur starb und nicht von irgendeinem anderen Tier oder Organismus verwertet wurde. Dann geriet man in eine der unzähligen Lagerstätten, wurde konserviert und verschwand für ein paar Jahrtausende von der Bildfläche. Es konnten auch schnell ein paar Millionen Jahre werden, je nachdem, wo die Lagerstätte entstand und wie sorgfältig sie von den Einflüssen der Umwelt abgeschirmt war. Viele Kohlenstoff-Kumpel ereilte dieses Schicksal, das mir zum Glück erspart blieb.

Ich fand das Leben schön. Es hatte die Erde verändert, ja bereichert und in einen grünen Planeten verwandelt. Es war überall und es hatte immer eine Überraschung in der Hinterhand. Das Leben sorgte dafür, dass sich die Arten immer weiter entwickelten und neue Ideen umgesetzt wurden. Und dabei zeigte sich das Leben wirklich sehr einfallsreich und ließ sich die skurrilsten Lebewesen einfallen.

Auch die anderen Atome schienen zufrieden. Die Erde war zweifellos etwas Besonderes und das Leben sorgte für Abwechslung. Von der NASA war nichts zu spüren.

Am besten gefiel mir aber der Aufenthalt in der Atmosphäre, als Kohlendioxid mit zwei Sauerstoffatomen an meiner Seite. Das Schweben über den unendlichen Wäldern, den Meeren, den Küsten. Die wunderbaren Farben, die Sonnenauf- und -untergänge und das Streuen des Lichts. Man zog mit den Winden, stieg auf in größte Höhen und manchmal gelang es mir, einen der Jet Streams zu erwischen. Dann sauste man dahin und die Freiheit über den Wolken war grenzenlos und alles andere nichtig und klein.

Die Menschen erobern die Erde

Irgendwann bin ich dann auf eure Vorfahren gestoßen. Zu dieser Zeit besaßen die Menschen noch ein Fell, das sie jedoch bald ablegten. Keine Ahnung, warum sie nackt sein wollten, doch es war wohl keine besonders durchdachte Entscheidung, denn schon kurze Zeit später benutzten die Zweibeiner Tierfelle, die sie sich um ihre Körper wickelten, um nicht zu frieren.

Die Menschen machten auf mich und meine Kohlenstoff-Kumpel einen eher erbärmlichen Eindruck. Nackt und unbeholfen schlugen sie sich mehr schlecht als recht durch. Sie konnten mit ihren zwei Beinen nicht besonders schnell laufen und das Klettern auf Bäume hatten sie gerade verlernt. Außerdem fehlten ihnen große Reißzähne und Klauen und, wie gesagt, ein Fell, das sie vor der Kälte schützte. Wenn sie sich zu lange in der Sonne aufhielten, rötete sich ihre Haut und verbrannte.

Meine Kohlenstoff-Kumpel und ich dachten, dass das Leben wiedermal einen ziemlichen Fehler gemacht hatte, sich in einer Sackgasse befand. Das kam immer wieder vor und war nicht weiter verwunderlich. So hilflos und elend wie die Menschen durch die Savanne irrten, gaben wir ihnen keine Zehntausend Jahre und schenkten ihnen zugegeben nur wenig Beachtung.

Doch es kam anders. Die Menschen machten aus ihrer Not eine Tugend und bildeten kleine Gruppen, in denen die einzelnen Mitglieder sich gegenseitig halfen und zusammen hielten. Sie benutzten den Schall und entwickelten eine Sprache, um sich zu verständigen und wichtige

Informationen auszutauschen. Das war enorm hilfreich und machte sie bei der Jagd immer erfolgreicher. Dabei wurde ihr Gehirn immer größer und sie selbst immer intelligenter, was ihre Fähigkeit im Überlebenskampf verbesserte. Sie konnten aus Fehlern lernen.

Wenn man die Menschen genauer beobachtete, wurde einem klar, dass hier etwas Neues entstanden war. Sie unterschieden sich mit den umgebundenen Fellen und der Art und Weise, wie sie kommunizierten und Werkzeuge entwarfen und gebrauchten, total von den anderen Tieren. Sie lernten enorm schnell und wurden immer dominanter.

Alle Konkurrenten konnten sie gezielt vertreiben oder ausschalten, auch die, gegen die ich ihnen nie eine Chance zugetraut hätte. In ihrer Umgebung verschwanden alle großen Raubtiere. Allerdings verschwanden auch alle ihre größeren Beutetiere, weil die Menschen offensichtlich keine Ahnung von Populationsdynamik hatten. Jeder, der eine Population ein paar tausend Jahre beobachtet weiß, dass man sie nicht uneingeschränkt bejagen kann, ohne dass sie irgendwann einfach ausstirbt. Das Ausrotten von Beutetieren brachte die Menschen im Laufe der Jahrhunderte immer wieder in Bedrängnis.

Wahrscheinlich brachte ihnen ihr großes Gehirn den entscheidenden Vorteil. Sie besaßen analytische Fähigkeiten, konnten Strategien entwickeln, diese weitergeben und laufend kommunizieren und sich austauschen. Das hatte speziell bei der Jagd große Vorteile. Später lösten sie das Problem mit den aussterbenden Beutetieren, indem sie die Nutztierhaltung erfanden. Während die einen mit ganzen Herden von Weideplatz zu Weideplatz zogen, wurden die anderen sesshaft.

Das große Gehirn brachte aber auch Nachteile. Die Menschen wirkten oft verwirrt, entwickelten eine ungeheure

Fantasie. Sie tanzten Nächte lang ums Feuer, weil sie Angst hatten und vor Aufregung nicht schliefen. Sie machten sich viel zu viele Gedanken. Was sie nicht erklären konnten, hat sie sehr beunruhigt. Sie haben Bewusstsein entwickelt und wollten allen Dingen auf den Grund gehen.

Und dann begannen sie auch noch die Erde zu verändern. Ich war in einem Seitenast des Kohlenstoffzyklus abgetaucht und dadurch für ein paar hundert Jahre von der Bildfläche verschwunden. Als ich zurück in die Atmosphäre kam, hatte sich auf der Erde einiges geändert. Kaum zu glauben, was die Menschen in dieser kurzen Zeit alles auf die Beine gestellt hatten.

Man konnte sie in allen Lebensräumen rund um den Globus finden. Sie waren in den heißen und in den kalten Regionen ebenso zuhause wie in großen Höhen und auch auf den Meeren. Und alle Menschen agierten emsig und aktiv.

Sie liebten das Feuer, weil es ihnen Wärme und Geborgenheit schenkte. Sie bevorzugten warme Mahlzeiten und wollten mobil sein. Sie dachten sich immer neue Möglichkeiten aus, die Erde zu erkunden und erfanden komplizierte Maschinen, die ihnen halfen ihren Willen durchzusetzen und ihre Wünsche zu erfüllen.

Sie bauten hohe Gebäude und tausende Kilometer von Straßen schlängelten sich über den Planeten. Es gab Millionen von Automobilen, große Schiffe, die die Meere durchquerten und auf den Flüssen schwammen und in der Atmosphäre tauchten plötzlich ihre Flugzeuge auf.

Der Energiehunger der Menschen war unersättlich. Der größte Energielieferant, die Sonne, schien sie zum Glück nicht zu interessieren, denn fast alle ihrer Maschinen benutzten fossile Brennstoffe und produzierten damit Kohlendioxid. Das gefiel mir außerordentlich. Jeder Mensch produzierte einige Tonnen Kohlendioxid im Jahr. Jeder einzelne! In der Zwischenzeit mussten es wohl um die fünf Milliarden Exemplare geworden sein. Das machte uns zu dicken Freunden. Tausende Tonnen meiner Kohlenstoff-Kumpel wurden so jeden Tag systematisch aus den fossilen Lagern befreit und konnten als Kohlendioxid in die Atmosphäre entweichen und die Freiheit über den Wolken genießen.

Wer hätte gedacht, dass sich die Menschen so positiv entwickeln würden. Meine Kohlenstoff-Kumpel und ich waren begeistert und liebten die Menschen. In der Atmosphäre setzen wir alles daran, den Treibhauseffekt anzukurbeln. Wir wollten die Erde von den letzten Resten des Eispanzers befreien, der sich in der letzten Kaltzeit an den Polen gebildet hatte und den Menschen damit einen Dienst erweisen. Weil die Menschen so leicht froren, glaubten wir fest daran, dass es ihnen gefallen würde, wenn wir die Temperatur auf der Erde etwas anhoben. Das war das mindeste, was wir für sie tun konnten.

Das Projekt Erderwärmung ging zwar gut voran, doch benötigte noch einige Zeit. Geduld gehörte nicht zu den Stärken der Menschen. Sie wollten immer alles sofort haben. Tatsächlich befürchteten wir, sie könnten plötzlich aussterben, bevor alle Kohlenstoff-Kumpel befreit waren. Ich hatte schon genügend Arten gesehen, die plötzlich von der Bildfläche verschwanden, obwohl sie anfangs sehr erfolgreich waren. Bei euch Menschen hielt ich das durchaus auch für möglich – und um ganz ehrlich zu sein – eigentlich für unumgänglich. Bei eurer Ungeduld und dem Energie-Heißhunger.

Der Weg zum Großhirn

Als ich noch über die Lebewesen und besonders euch Menschen nachdachte, geriet ich wieder einmal durch eine Zellmembran ins Innere einer Pflanze. Wie so oft begleiteten mich zwei Sauerstoffatome. Es war also nichts Aufregendes. Wir wurden in einem Blatt vom Pflanzensaft aufgenommen und zu einem Chlorophyllkomplex weitergeleitet.

Wie immer wurde man hier von den Sauerstoffatomen abgetrennt und in hochwertigere Kohlenstoffverbindungen umgebaut. Die Energie lieferte das Licht, das von der Pflanze aufgenommen wurde. Dieses Mal handelte es sich wieder, wie schon unzählige Male zuvor, um eine Verbindung von 12 Kohlenstoff-, 11 Sauerstoff- und 22 Wasserstoffatomen. Wie wir genau angeordnet waren ist nicht leicht zu beschreiben und spielt auch keine Rolle, nur so viel, es handelte sich um Zucker.

Die Pflanze beförderte unser Zuckermolekül in ein riesiges, kugelförmiges Gebilde, eine Beere, die einen kleinen Kern enthielt. Offensichtlich hatte ich den Akt der Vermehrung gerade verpasst.

Die Konzentration an Zucker nahm kontinuierlich zu und die Beere färbte sich mit der Zeit rot. Der Farbstoff befand sich hauptsächlich in der Schale und tauchte das Innere der Frucht in ein angenehmes Licht, wenn die Sonne darauf schien.

Nach ein paar Wochen wurde unsere Beere vom Stängel getrennt und wir fielen in einen See von roten Früchten. Unsere Beere ging dabei kaputt und ihr Saft vermischte sich mit dem Saft der anderen.

Plötzlich tauchten – wie aus dem Nichts – überall Hefe-pilze auf, die sich im Saft explosionsartig vermehrten. Sie waren besonders auf das Süße aus und stürzten sich förm-lich auf die Zuckermoleküle. Unser Molekül wurde zerlegt und umgebaut. Nach mehreren Schritten bestand es aus zwei Kohlenstoffatomen, an denen ein Sauerstoffatom und sechs Wasserstoffatome hingen. Wir beiden Kohlenstoff-atome hielten uns mit einer Bindung fest. An mir hingen noch drei Wasserstoffatome, an meinem Kohlenstoff-Kum-pel zwei Wasserstoffatome und ein Sauerstoffatom, das mit einem weiteren Wasserstoffatom die funktionale Gruppe in unserem Molekül bildete. Diese Gruppe aus einem Sauer-stoff- und Wasserstoffatom gab dem Molekül seine Eigen-schaften. Ich war Teil eines Alkoholmoleküls geworden. Es handelte sich um Äthanol, um genau zu sein.

Die Hefepilze machten das nicht zum Spaß, sondern es war Teil ihres Stoffwechsels. Die Reaktion verlief natür-lich exotherm und es blieb genügend Energie übrig, die den Beerensaft langsam erwärmte. Die Wärme sorgte dafür, dass sich der Farbstoff aus den Schalen löste und den Bee-rensaft dunkelrot einfärbte.

Erst jetzt bekam ich mit, dass es sich dabei um keinen Zufall handelte, sondern von ein paar Menschen systema-tisch betrieben wurde. Nach etwa einer Woche pressten sie den Saft ab und trennten uns damit von den Schalen und den Kernen. Der Saft wurde gefiltert und in ein großes Holzfass gefüllt. Dort machten die Hefepilze noch einmal kurzen Prozess mit den restlichen Zuckermolekülen, um sich anschließend selbst zu verabschieden. Als der gesamte Zucker verbraucht war, starben sie ab. Sie hatten den Ast, auf dem sie saßen, abgesägt.

Ein paar Wochen geschah gar nichts. Dann wurden wir in eine Flasche abgefüllt. Bevor diese verschlossen wurde, gab es noch einen kleinen Schuss Beerensaft, der etwas Zucker enthielt und den Geschmack des Getränks abrunden sollte. Die Menschen hatten den Saft kurz nach der Ernte erhitzt, damit der Zucker darin den Hefepilzen nicht zum Opfer fiel.

Das Endprodukt war eine tiefrote Flüssigkeit, die im Wesentlichen aus Wasser- und Alkoholmolekülen bestand. Der Zucker, die Farbmoleküle und ein paar Aromastoffe machten nur einen geringen Anteil aus. Es handelte sich um Rotwein und ich konnte kaum erwarten zu erfahren, was die Menschen mit uns vorhatten.

Wochenlang warteten wir geduldig. Die Flasche wurde gelagert, behütet, vor Licht geschützt, in der Gegend herumgefahren und landete schließlich im Regal eines Getränkemarktes.

Eines Tages wurde unsere Flasche von einem Typ namens Jimi gekauft und mit nach Hause genommen. Wir hielten uns nicht lange in seiner Wohnung auf, bis er uns zu einem Konzert mitnahm und uns – die Flasche – auf einen Lautsprecher auf der Bühne stellte. Es dröhnte ganz schön laut und die Schallwellen drangen direkt in den Flaschenboden ein und brachten uns Moleküle zum Schwingen.

Neben dem Rotwein hatte Jimi eine weitere Leidenschaft, nämlich die Musik. Er besaß eine Gitarre und offensichtlich liebte er das Solospiel. Seine Fingerfertigkeit und Technik waren beeindruckend. Er entlockte dem Instrument unglaubliche Töne und brachte damit sein Publikum in Ekstase.

Während des Konzerts kam Jimi immer wieder zu uns rüber, um einen kräftigen Schluck aus der Pulle zu nehmen.

Irgendwann kam ich an die Reihe und landete in Jimis Magen. Das Konzert hörte sich aus seinem Inneren nicht mehr ganz so gut, aber auch nicht mehr so laut an.

Kaum waren wir in Jimis Verdauungstrakt angelangt, kamen wir auch schon ins Blut und machten uns, mit vielen anderen Alkoholmolekülen, auf den Weg direkt ins Gehirn. Nach nur zwei Minuten hatten wir unser Ziel erreicht und manipulierten mit einigen anderen Alkoholmolekülen die Funktion der Neurotransmitter in einer Synapse.

Offensichtlich leisteten auch die andern Alkoholmoleküle ganze Arbeit und Jimi lief zur Höchstform auf. Wir sorgten bei ihm für einige dramatische Bewusstseinserweiterungen und er entlockte seiner Gitarre die schrillsten Töne, die bis zu uns durchdrangen. Eine seiner Gitarren ging dabei zu Bruch.

Und dann rief er laut meinen Namen: „Hey Joe!", und ich wusste sofort, dass ich gemeint war.

Die Geheimnisse des Großen und des Kleinen,
des Makro- und des Mikrokosmos finden sich
in über 1.500 Büchern, Hörbüchern und
DVD-Film-Dokumentationen des Münchner
Verlags Komplett-Media.

Kostenlose Kataloge liegen bereit.
(Tel. 089/ 6 49 22 77)

Einen schnellen Überblick gibt auch das Internet:
www.der-wissens-verlag.de

In **80** Tagen um die Welt
Auf den Spuren von
Phileas Fogg

Die Wette ging um 20.000 Pfund und sollte den englischen Gentleman Phileas Fogg von London rund um den Erdball führen. In 80 Tagen – und keine Sekunde länger!

Heute dauert das mit zwei Zwischenlandungen 60 Stunden. Wir bleiben aber auf dem Boden und nehmen uns die Zeit für Länder, Weltstädte und Trauminseln auf dem Weg durch Europa, Arabien, Asien, der Südsee, Neuseeland, Hawaii und der USA mit ihren Highlights an der West- und Ostküste. Über die Azoren, Irland und Schottland erreichen wir wieder London.
Der Bilderbogen einer wunderschönen Welt.

DVD 1: VON LONDON BIS SÜDITALIEN

DVD 2: VON DER AKROPOLIS BIS KALKUTTA

DVD 3: DURCH DEN GOLF VON BENGALEN ÜBER TOKYO BIS HAWAII

DVD 4: VON SAN FRANCISCO BIS LONDON

4 DVDs, ca. 360 Minuten
ISBN 978-3-8312-8115-2
59,95 €

uni
auditorium

Das Wissen der Welt aus den Hörsälen der Universitäten.

WISSEN UND GLAUBEN

Tatsächlich liegt die Kraft unserer Kultur im Wechselspiel von Wissen und Glauben, da beide für sich allein an den ihnen innewohnenden Paradoxien scheitern. Wissen ohne Glauben ist wertlos, Glauben ohne Wissen hilflos.

CD (ca. 60 Min.) **€ 12,95**
ISBN 978-3-8312-6392-9

Prof. Ernst Peter Fischer ist diplomierter Physiker, promovierter Biologe, habilitierter Wissenschaftshistoriker apl. Professor für Wissenschaftsgeschichte an der Universität in Konstanz.

DIE RÜCKKEHR DES GLAUBENS

* Religiöse Wandlungsprozesse der Gegenwart
* Moderne Religion deuten.

CD (ca. 79 Min.) **€ 12,95**
ISBN 978-3-8312-6198-7

Prof. Dr. Friedrich Wilhelm Graf
ist Professor für Systematische Theologie und Ethik an der LMU, München.

WIE DER VERSTAND ÜBERLISTET UND DER GLAUBE MISSBRAUCHT WIRD

Der Mensch denkt nicht nur mit dem Kopf, er glaubt auch mit dem Kopf. Wenn wir verstehen, warum wir glauben, können wir mit diesem Wissen überprüfen, was wir glauben. Dazu müssen wir auch den Zweifel zulassen.

CD (ca. 70 Min.) **€ 12,95**
ISBN 978-3-8312-6328-8

GOTTES WORT ODER MENSCHENWERK?
Die Bibel – missverstanden zu allen Zeiten

Die wissenschaftliche Auseinandersetzung hat zu einem neuen Verständnis der „Heiligen Schrift" geführt.
Für kritische Menschen wird die Bibel im Lichte dieses neuen Wissens, befreit von Aberglauben, wieder lesenswert.

CD (ca. 60 Min.) **€ 12,95**
ISBN 978-3-8312-6453-7

***Martin Urban** ist Begründer und war 34 Jahre lang Leiter der Wissenschaftsredaktion der „Süddeutschen Zeitung". Er versucht in seinen Büchern die Konsequenzen der Erkenntnisse aktueller Forschung für unser Weltbild aufzuzeigen.*

ERLÖSUNG IN DEN WELTRELIGIONEN

Erlöst sein wird verstanden als bei oder in Gott zu sein. Lässt sich dieser Zustand durch Liebe oder durch Mitleid erlangen? Oder durch Überwidung des Leidens? Die unterschiedlichen Fragen der Religionen führen zu unterschiedlichen Antworten.

CD (ca. 61 Min.) **€ 12,95**
ISBN 978-3-8312-6326-4

***Prof. Dr. Michael von Brück** ist Professor für Religionswissenschaft an der Universität München, LMU.*

www.der-wissens-verlag.de

DVDs • HÖRBÜCHER • BÜCHER

TE DEUM

Im großen Lehrgebäude der römisch-katholischen Kirche haben Ordnungsgründer über Jahrhunderte immer wieder Anhänger gefunden, die mit ihnen einen eigenen Weg zu Gott gegangen sind. Manchmal mit dem Segen des Vatikans, aber auch gegen dessen Widerstand, weil ihm als Kirche der Reichen der kritische Spiegel vorgehalten wurde.

Die Dokumentarfilmreihe „Te Deum" stellt Glaubensinhalte und die Entstehungsgeschichte von sechs Ordensgemeinschaften vor.

- DIE BENEDIKTINER
- DIE DOMINIKANER
- DIE JESUITEN
- DIE AUGUSTINER
- DIE FRANZISKANER
- DIE ZISTERZIENSER

6 DVDs, 264 Min., **79,95 €**
ISBN 978-3-8312-9721-4